야성의 부름

일러두기

- 이 책은 Jack London, 『*The Call of the Wild*』(Project Gutenberg, 2008)를 참고했습니다.

The Call of the Wild

야성의 부름

잭 런던 지음

살림

잭 런던

잭 런던은 1876년 1월 12일 샌프란시스코에서 출생했다. 1895년 20세 가까운 나이에 오클랜드 고등학교에 입학한 그는 이듬해 곧바로 캘리포니아 대학에 입학하여 스펜서, 다윈, 니체 등의 책을 읽으며 교양과 사상을 습득하고 그에 심취했다.

1900년에 『늑대의 아들』 등의 작품을 발표하고 작가로서 이름이 알려지기 시작했다. 그리고 1903년에 『야성의 부름』을 발표 후 『바다늑대』, 『강철 군화』 등을 비롯해 많은 단편집과 자전적 소설들을 발표하고 평론가로도 활동하면서 작가로서의 입지를 굳혔다. 1916년 11월 22일 40세의 나이에 요독증으로 생을 마감했다.

〈야성의 부름〉 드라마 광고 이미지

1923년에 미국에서 제작한 텔레비전 드라마 광고 이미지이다.

『야성의 부름』은 수차례 영화화 되어 사람들의 사랑을 받았다. 1935년에는 클라크 게이블이 주인공인 영화가 제작되었고 1972년에는 찰턴 헤스턴이 주인공 역을 맡은 영화가 핀란드에서 제작되었다. 이 작품은 그 외에 수많은 텔레비전 드라마와 애니메이션으로 각색되었으며 가장 최근인 2020년 2월에는 크리스 샌더스가 감독을 맡고, 해리슨 포드가 주연을 맡은 『야성의 부름』이 제작 상영되었다.

잭 런던이 살았던 집의 내부

잭 런던이 1906년부터 1916년 작고할 때까지 살았던 집의 내부 모습이다. 이 집은 미국 캘리포니아주에 잭 런던을 기념하여 조성된 잭 런던 주립 역사공원에 위치해 있다.

이 역사공원에는 그가 살았던 집 이외에도 그의 묘소와 박물관으로 이용하고 있는, 잭 런던의 부인 샤르미안 런던이 남편을 추억하며 지은 하우스 오브 해피 월 등이 있다.

야성의 부름 **차례**

제1장 원시 속으로

오랫동안 인습의 사슬에 묶여 있던
방랑을 향한 그리움이 꿈틀거린다.
그 야생의 핏줄이 다시
겨울잠에서 깨어난다.

　벅은 신문을 읽지 않았다. 만일 읽었다면 자신뿐 아니라 퓨 젓사운드로부터 샌디에이고에 이르는 인근 해안 지방의, 강한 근육에 길고 따뜻한 털을 가진 모든 개들에게 어려움이 닥쳐오고 있음을 알았을 것이다. 사람들이 북극의 어둠 속을 더듬거리다가 누런 금속을 발견했고 증기선과 운송 회사들이 앞다투어 그 소식을 퍼뜨리는 바람에 수천 명에 달하는 사람들이 북극 지방으로 달려갔던 것이다. 그 사람들은 개를 필요로 했는데 그중에서도 힘든 일을 해낼 수 있는 강한 근육과 모진 추위를 이겨낼 수 있는 수북한 털을 가진 개를 필요로 했다.

벅은 해가 잘 드는 산타클라라 계곡의 어느 큰 집에서 살았다. 사람들은 그 집을 밀러 판사 저택이라고 불렀다. 그 집은 나무들에 반쯤 가려진 채 도로 뒤편에 서 있었으며 나무들 사이로 건물을 빙 둘러싸고 있는 넓고 시원한 베란다가 보였다. 도로로부터 그 집까지는 광활한 잔디밭 사이로 자갈길이 나 있었으며 자갈길 위로는 포플러 나무 가지들이 얽혀 있었다. 집 앞쪽보다는 뒤쪽이 더 넓었다. 그 집에는 많은 말구종과 하인들이 모여서 수다를 떠는 커다란 마구간과 넝쿨에 뒤덮인 하인들의 오두막, 질서 정연하게 긴 열을 이루며 늘어서 있는 헛간들이 있었으며 포도 넝쿨이 드리워진 정자도 있고, 푸른 목장, 과수원과 딸기밭 등이 있었다. 지하수를 길어 올리는 우물도 있었고 밀러 판사의 아이들이 아침이면 풍덩 뛰어들어 뜨거운 오후까지 더위를 식히며 노는 커다란 시멘트 수조(水槽)도 있었다.

벅은 이 넓은 영역의 지배자였다. 그는 이곳에서 태어나 4년 동안 내내 이곳에서 살았다. 물론 이곳에 다른 개들도 있었다. 이처럼 넓은 곳에 다른 개들이 없을 리 만무했다. 하지만 그들은 그냥 하찮은 개들일 뿐이었다. 녀석들은 잠시 왔다가 사라지는 존재들이었다. 녀석들은 북적거리는 개 우리에 살거나, 일본산 퍼그종인 투츠와 털 없는 멕시코산 이사벨처럼 집 한구석에서 존재감 없이 그저 조용히 지낼 뿐이었다. 녀석들은 좀처럼 집 밖으로 주둥이를 내밀지 않고 발에 흙도 묻히지 않는 이상한 놈들이었다. 그 밖에 최소한 스무 마리 정도의 폭스테리어종들도 있었는데 놈들은, 대걸레와 빗자루로 무장한 하녀들의 보호를 받으며 창밖을 내다보는 투츠와 이사벨을 향해 언젠가 한번 혼을 내주겠다는 듯 컹컹 짖어댔다.

그러나 벅은 집 안에서 지내는 개도 아니었고 우리에 갇혀 사는 개도 아니었다. 집 안 전체가 그의 영역이었다. 벅은 판사의 아들들과 함께 수조에 뛰어들어 수영을 했으며 사냥도 함께 갔다. 또한 벅은 판사의 두 딸 몰리와 앨리스가 땅거미가 길게 늘어질 무렵이나 이른 아침 산책을 할 때면 그녀들을 호위했다. 추운 겨울날이면 벅은 판사의 서재에서 벽난로 곁 판사의 발치에 앉아 있었다. 그는 판사의 손자들을 등에 태워주기도 했고, 잔디밭에서 굴려주기도 했다. 또한 그 아이들이 마구간 마당의 분수나 그보다 더 멀리 잔디밭이나 딸기밭까지 모험을 떠나면 아이들의 발걸음을 조심조심 이끌어주기도 했다. 벅은 테리어들 사이에서는 제왕처럼 근엄하게 걸었고 투츠와 이사벨은 아예 무시했다. 벅은 그야말로 왕 중의 왕이었으니 사람들까지 포함해서 밀러 판사의 저택에서 기어 다니고 걸어 다니고 뛰어다니는 모든 존재들이 그의 휘하에 있었다.

벅의 아버지인 엘모는 거대한 세인트버나드종으로서 판사와는 떼려야 뗄 수 없는 친구 사이였으며 벅은 당당히 아버지의 뒤를 물려받았다. 벅의 몸집은 아버지처럼 크지 않아 몸무게가 63킬로그램밖에 나가지 않았다. 그의 어머니인 셰프가 스코틀랜드 셰퍼드였기 때문이다. 그럼에도 불구하고 벅이 영위하는 훌륭한 삶과, 남들로부터 받은 존경에서 비롯된 위엄이 그의 63킬로그램의 몸집에 더해져서 벅은 왕과 같은 풍모를 지니고 있었다. 벅은 강아지 시절부터 4년 동안 그야말로 귀족적인 생활을 누렸다. 벅은 자부심이 대단했으며 바깥 경험이 별로 없는 시골 신사가 흔히 그러하듯 약간 자기중심적이기도 했다. 하지만 벅은 결코 집이나 지키는 응석받이 개에 머물지 않았다. 벅은 사냥과 야외 활동을 즐긴 덕에 지방 없는 단단한 근육질을 자랑할 수 있었으며, 또한 물을 좋아해서 냉수마찰을 좋아하는 민족처럼 정력과 건강을 유지할 수 있었다.

캐나다 북서쪽의 클론다이크에서 금광이 발견되어 많은 사람들을 북쪽 동토(凍土)로 불러 모으던 1897년 가을 무렵, 벅은 그런 생활을 누리고 있었다. 하지만 벅은 신문을 읽지 않았으며 정원사 조수 중 한 명인 마뉴얼이 고약한 인간이란 것도 알지 못했다. 마뉴얼에게는 고질적인 악덕이 있었다. 그는 중국식 도박을 좋아했다. 게다가 도박 자체에 대해서도 고질적인 악덕을 지니고 있었으니 그가 도박 시스템을 신뢰하고 있다는 점이었다. 패가망신할 것은 불을 보듯 뻔한 일이었다. 도박 시스템에 의해 언젠가는 돈을 따리라고 믿고 도박을 했으니 돈이 계속 들어가는 것이 당연했다. 하지만 정원사 조수로서 벌어들이는 돈으로는 처자식을 근근이 먹여 살리기에도 빠듯했다.

마뉴얼이 배반 행위를 하던 잊지 못할 그날 밤, 판사는 건포도 생산자 협회 모임에 가느라 집을 비웠고 아들들은 운동 서클을 조직하느라 바빴다. 아무도 마뉴얼과 벅이 과수원을 지나 어디론가 가는 모습을 보지 못했다. 벅은 그냥 산책을 하는 줄 알았다. 그들이 칼리지파크라는 이름의 작은 기차역에 도착했을 때 그들의 모습을 본 사람은 단 한 명밖에 없었다. 바로 그 사람이 마뉴얼과 이야기를 나누었고 둘 사이에 돈이 오갔다.

"물건을 넘기기 전에 포장하는 게 좋겠어."

낯선 사내가 거칠게 말하자 마뉴얼은 벽의 목걸이 사이에 굵은 밧줄을 집어넣어 두 겹으로 감았다.

"이걸 비틀면 이놈 목을 숨이 막힐 정도로 조일 수 있어."

마뉴얼이 말하자 낯선 사내는 알았다고 퉁명스럽게 말했다.

벽은 밧줄이 목에 걸리는 동안에도 품위를 지키고 얌전히 있었다. 좀 이상한 일인 건 분명했다. 하지만 벽은 자신이 알고 있는 사람은 믿으라고, 인간이 자신보다 지혜롭다는 사실은 인정하라고 배웠다. 그러나 밧줄 끝이 낯선 자의 손으로 넘어가자 벽은 위협적으로 으르렁거렸다. 그는 단지 기분이 좋지 않다는 것을 넌지시 알린 것이었고 자존심 강한 벽에게 그것은 명령과도 같았다.

그런데 놀랍게도 밧줄이 목을 심하게 조여와 숨이 막혔다. 순간적으로 화가 치민 벽은 사나이에게 달려들었다. 그러자 사내가 벽의 목 근처를 움켜쥐더니 능숙하게 비틀어 벽을 나자빠지게 만들었다. 밧줄이 사정없이 목을 조여오자 벽은 화가 나서 버둥거렸다. 혀가 입 밖으로 나와 축 처져 있었으며 넓은 가슴이 무기력하게 헐떡거렸다. 그가 살아오는 동안 이런 식의 거친 대접을 받아본 적도, 이렇게 화가 났던 적도 처음이었다. 벽은 기진맥진했고 눈이 풀렸으며 기차가 정차하고 두 사내가 벽을 짐칸에 던져 넣었을 때는 거의 의식을 잃었다.

얼마 뒤 정신을 차린 벅은 혀가 무척 아프다는 사실과 자신이 어딘가에 덜컹거리며 실려 가고 있다는 사실을 어렴풋이 알아차릴 수 있었다. 기차가 건널목을 지나면서 목쉰 기적 소리를 냈을 때가 되어서야 벅은 자신이 지금 어디 있는지를 알아차릴 수 있었다. 그는 판사와 자주 여행을 했기에 기차 화물칸에 탔을 때의 느낌을 잘 알고 있었다. 벅은 두 눈을 번쩍 떴다. 그의 두 눈은 납치된 왕의 걷잡을 수 없는 분노로 이글거리고 있었다. 사내가 벅의 목을 노리고 달려들었다. 하지만 벅이 더 빨랐다. 벅은 사내의 손을 꽉 물고 놓아주지 않았지만 결국에는 숨이 막혀 다시 한번 정신을 잃고 말았다.

둘이 싸우는 소리를 듣고 수화물 담당자가 다가왔다. 그러자 사내는 엉망이 된 손을 감추며 말했다.

"허, 이놈이 발작 증세가 있어요. 주인 지시로 샌프란시스코로 데려가는 중입니다. 거기 있는 유명한 수의사가 놈을 치료할 수 있다고 해서……."

이곳은 샌프란시스코 부둣가의 어느 선술집 뒤쪽에 있는 헛간, 사내가 그날 밤 기차에서 있었던 일에 대해 있는 힘껏 과장해서 일장 연설을 늘어놓고 있었다.

사내가 투덜거리며 말했다.

"그 고생을 하고도 겨우 50달러라니……. 제길, 앞으로는 1,000달러를 준다 해도 이런 일은 안 할 거야."

사내의 손에는 피투성이 손수건이 감겨 있었으며 오른쪽 바짓가랑이는 무릎부터 발목까지 찢겨 있었다.

"그놈에게는 얼마나 줬어?" 술집 주인이 물었다.

"100달러. 한 푼도 깎아줄 수 없다더군, 제길."

술집 주인이 계산을 하더니 말했다.

"그럼 모두 150달러로군. 그래도 이놈은 그 정도 가치는 있어 보여. 내가 바보는 아니거든."

납치범은 피투성이 손수건을 풀더니 찢어진 손을 바라보며 말했다.

"제길, 광견병이라도 걸리는 건 아닌지 모르겠네."

그러자 술집 주인이 낄낄거리며 말했다.

"어차피 교수형으로 죽을 놈이 별 걱정 다 하는군. 자, 자네 짐을 부리기 전에 나 좀 도와줘."

정신이 혼미한 데다 목과 혀가 참을 수 없을 만큼 아팠으며 목이 졸려 숨이 반쯤 넘어가는 상태에서도 벅은 이 가해자들과 맞서려고 했다. 하지만 그럴 때마다 나가떨어졌으며 그럴수록 목이 심하게 조여올 뿐이었다. 놈들은 벅의 목에 걸려 있던 무거운 쇠 목걸이를 줄로 쓸어 벗겨낸 후 밧줄도 제거하고 나무로 만든 우리 속에 던져 넣었다.

온몸에 기운이 다 빠진 벅은 분노와 상처받은 자존심을 달래며 나무 우리 안에서 밤을 보내야 했다. 벅은 도대체 무슨 일이 벌어지고 있는 것인지 알 수가 없었다. 이 낯선 자들이 대체 자기를 어쩌자는 것일까? 왜 자기를 이런 곳에 가두어 두는 것일까? 그는 이유를 알 수 없었지만 뭔가 재앙이 곧 닥쳐오리라는 느낌에 마음이 무거웠다. 그날 밤 벅은 문이 삐걱거리며 열릴 때마다 판사, 혹은 최소한 판사의 아들의 모습을 기대하며 몇 번이고 몸을 일으켜 세웠다. 하지만 그때마다 눈에 들어온 것은 술집 주인의 통통한 얼굴뿐이었다. 술집 주인은 희미한 기름 양촛불로 벅을 찬찬히 비춰본 뒤에 나가곤 했다. 그때마다 벅의 목구멍에서 울려 나오던 즐거운 외침은 사나운 으르렁거리는 소리로 바뀌었다. 하지만 술집 주인은 상관하지 않고 내버려두었다.

아침이 되자 네 명의 사내가 들어오더니 나무 우리를 들어올렸다. 벅은 그들의 험한 인상과 지저분한 옷차림을 보고 또 다른 가해자들이라고 판단했다. 벅은 창살 사이로 으르렁거리며 분노와 위협을 드러냈다. 그러자 사내들이 낄낄거리며 막대기로 벅을 찔러댔다. 벅은 즉시 막대기를 물어뜯었지만 자신이 노리개가 되고 있다는 것을 깨닫고는 그만두었다. 벅은 사내들이 나무 우리를 마차에 옮겨 싣는 동안 침울하게 엎드려 있었다. 이후 벅과, 벅을 가두어 놓은 나무 우리는 여러 사람의 손을 거쳤다. 운송 회사 직원의 손을 거쳐 그는 다른 마차에 실렸고 마차 다음으로는 트럭이 다른 여러 상자들, 소포 꾸러미들과 함께 그를 연락선이 기다리고 있는 곳으로 날랐다. 그런 후 그는 연락선에서 내려 기차역으로 갔다. 결국 벅은 다시 화물 열차의 짐칸에 실리는 신세가 되었다.

화물 열차는 벅이 실린 짐칸을 뒤에 달고 이틀 밤낮을 달렸다. 벅은 먹지도 마시지도 못했다. 분노가 치민 벅은 운송 회사 배달원들을 보자 무섭게 으르렁거렸다. 그러자 그들은 벅을 놀리는 것으로 응수했다. 벅이 나무 우리를 냅다 들이받고 창살을 물어뜯으며 거품을 흘리면 그들은 낄낄거리며 벅을 조롱했다. 그들은 혐오스러운 개처럼 으르렁거리며 짖는 흉내를 냈고 야옹 고양이 흉내를 냈으며 두 팔을 파닥거리며 꼬끼오 소리를 내기도 했다. 벅은 그들이 그냥 실없는 장난을 치고 있음을 잘 알았다. 하지만 그럴수록 그의 자존심과 위엄에 상처를 주었기에 더욱 분노할 수밖에 없었다.

벅은 배고픔 정도는 별로 개의치 않았다. 하지만 갈증은 너무나 고통스러웠고 그 때문에 병적으로 흥분할 정도로 격노했다. 극도로 긴장한 데다 민감해진 상태에서 함부로 취급을 받다 보니 열이 오른 것이고 목구멍과 혀가 바짝 마르고 부어올라 염증까지 생기자 더욱 격노하게 된 것이다.

그나마 목을 감고 있던 밧줄이 풀린 것은 반가운 일이었다. 이제까지는 밧줄이 감겨 있었기에 놈들이 유리했지만 이제 밧줄이 풀린 이상 본때를 보여줄 수 있었다. 이제 놈들이 다시는 그의 목에 밧줄을 감지 못하게 하리라고 벅은 단단히 결심했다. 이틀 동안 먹지도 마시지도 못하면서 고통을 겪는 동안 그의 분노가 켜켜이 쌓여 있었기에 누구든 처음으로 그와 충돌하게 되는 자는 단단히 맛을 보아야만 할 형국이었다. 벅의 눈에 핏발이 돋았으며 성난 마귀처럼 변해버렸다. 그의 모습이 너무나 변했기에 판사가 보더라도 그의 모습을 알아보지 못할 정도였다. 기차가 시애틀에 도착해서 그를 내려놓게 되자 배달꾼들은 안도의 한숨을 내쉬었다.

네 명의 사내는 나무 우리를 짐마차로부터 높은 담벼락으로 둘러싸인 작은 마당에 내려놓았다. 그러자 목까지 축 늘어지는 붉은 스웨터를 입은 건장한 사내가 마당으로 나와서 마부가 내민 수표에 서명했다. 벅은 이 사내가 다음 번 가해자인 것을 알아차리고 나무 우리의 창살을 사납게 들이받았다. 그러자 사내는 음흉한 미소를 짓더니 손도끼와 몽둥이를 들고 나왔다.

"지금 저놈을 꺼내주려고요?" 마부가 물었다.

"물론이지." 사내는 그 말과 함께 손도끼를 우리 안에 넣고 비틀고 내리찍기 시작했다.

나무 우리를 운반해 온 네 명의 사내는 순식간에 흩어지더니 안전하게 담 위로 올라가 이제부터 벌어질 일을 구경할 채비를 갖추었다.

벅은 도끼질에 쪼개진 나뭇조각에 달려들어 이빨로 물고는 사납게 흔들며 씨름을 했다. 사내가 밖에서 도끼질을 하는 사이 벅은 안에서 으르렁거리고 있었다. 붉은 스웨터를 입은 사내는 벅을 밖으로 꺼내는 일에 차분하게 몰두해 있었고 벅은 분노에 휩싸인 채 밖으로 나가고 싶어서 안달이었다.

"자, 어디, 이 붉은 눈의 악마야!"

벅이 빠져나올 수 있을 정도의 공간이 생기자 사내가 말했다. 그와 동시에 그는 도끼를 내려놓고 몽둥이를 오른손으로 옮겨 잡았다.

털을 곤두세우고 입에 거품을 문 채 광기로 번뜩이는 충혈된 눈으로 단번에 도약할 자세를 취하고 있는 벅의 모습은 정말로 붉은 눈의 악마였다. 벅은 이틀 밤낮 동안 쌓여 있던 분노를 63킬로그램의 몸에 잔뜩 실은 채 사내를 향해 돌진했다. 허공을 날아오른 벅의 이빨이 막 사내에게 닿으려는 순간 벅은 몸에 강한 충격을 받고 저지를 당했다. 상대방을 물어뜯을 준비가 되어 있던 이빨은 고통스럽게 서로 부딪쳤을 뿐이었다. 벅은 허공을 빙글 돌아 등과 옆구리를 땅바닥에 부딪치며 쓰러지고 말았다. 벅은 평생 몽둥이찜질을 당해보지 않았기에 도대체 무슨 일이 벌어진 것인지 영문을 알 수 없었다. 반은 짖는 소리, 반은 비명에 가까운 소리를 내며 벅은 몸을 일으키더니 다시 허공으로 날아올랐다. 하지만 다시 몸에 충격을 받고 땅바닥에 처참하게 쓰러졌다. 벅은 그제야 몽둥이를 알아볼 수 있었다. 하지만 이미 광기에 사로잡힌 벅에게 조심이고 뭐고 없었다. 벅은 열 번도 넘게 달려들었고, 열 번도 넘게 몽둥이에 맞아 바닥에 쓰러졌다.

결국 결정적인 한 방을 맞은 후 벅은 엉금엉금 기다시피 할 수밖에 없었으며 너무 어지러워 더 이상 달려들 수 없었다. 벅은 발을 절룩거리며 비틀거렸다. 피가 코와 입과 눈에서 흘렀고 그의 아름다운 털은 피와 침 범벅으로 얼룩졌다. 그러자 사내가 앞으로 다가오더니 벅의 코에 결정적인 최후의 일격을 가했다. 지금까지 겪었던 고통은 이 격심한 고통에 비하면 아무것도 아니었다. 벅은 성난 사자와 같이 포효하며 다시 한번 사내에게 달려들었다. 그러자 그 사내는 몽둥이를 오른손에서 왼손으로 옮겨 쥐더니 가볍게 벅의 아래턱을 움켜잡고는 뒤로 밀어내면서 비틀었다. 벅의 몸은 공중에서 한 바퀴 원을 그린 다음 다시 반 바퀴를 돌고 나서 머리와 가슴을 땅에 처박았다.

벅은 마지막으로 다시 한번 달려들었다. 그러자 사내는 예리한 일격을 가했다. 이 일격을 위해 힘을 아껴온 것 같았다. 벅은 몸이 잔뜩 구부러진 채 공중에 솟았다가 땅에 떨어졌고 그대로 정신을 잃고 말았다.

"와, 정말 기가 막히게 개를 잘 다루네! 정말 죽여주는 솜씨야." 담 위에 앉아 있던 사람들 중 한 명이 흥분해서 외쳤다.

"난 개보다는 조랑말을 길들일 거야. 일요일에는 두 마리씩……." 마차에 올라 말을 출발시키면서 마부가 응대한 말이었다.

벽은 간신히 정신이 돌아왔지만 기운은 없었다. 그는 그 자리에 그대로 쓰러진 채 붉은 스웨터를 입은 사내를 바라보았다.

'으흠, 이름이 벽이로군.'

사내는 수하물 내용이 적힌 술집 주인의 편지를 뜯어보면서 혼잣말을 했다. 이어서 그는 벽에게 다정한 목소리로 말했다.

"헤이, 벽, 우리 둘이 소란을 좀 피웠지? 그런 건 다 잊는 게 좋아. 이제 네 처지가 어떤 건지 배웠겠지? 난 내 처지를 알고 있어. 얌전하게 굴면 만사가 다 잘 될 거야. 말을 안 들으면 다시 한번 단단히 혼내 줄 거야. 알았지?"

그 말을 하면서 그는 그토록 가차 없이 두들겨 팼던 벽의 머리를 겁도 없이 쓰다듬었다. 사내의 손길이 닿자 벽은 자신도 모르게 털을 곤두세웠지만 반항하지 않고 얌전히 받아들였다. 사내가 물을 갖다주자 그는 정신없이 마셨고 사내가 직접 손으로 내미는 푸짐한 생고기를 마구 먹어 치웠다.

그는 패배했고 그것을 알았다. 하지만 그는 꺾이지는 않았다. 다만 몽둥이를 든 사람에게는 맞설 수 없다는 것을 깨달았을 뿐이다. 그는 중요한 교훈을 얻은 것이었고 평생 그 교훈을 잊지 않았다. 그 몽둥이는 하나의 계시(啓示)였다. 그것은 그가 원시적 법칙이 지배하는 세계에 발을 들여놓았음을 뜻하는 것이었고 몽둥이는 그 법칙을 가르쳐준 것이다. 삶의 실상에는 흉포한 면이 존재한다. 벅은 그런 현실과 마주해서 겁을 먹지는 않았다. 그는 그런 현실에, 그의 본성이 일깨워주는 온갖 술수를 다 동원해 맞섰다.

시간이 지남에 따라 다른 개들이 나무 상자에 실려 오거나 줄에 묶여 왔다. 온순한 개들도 있었고 벅이 그랬던 것처럼 분노에 차서 으르렁거리는 개들도 있었다. 벅은 그 모든 개들이 한 마리도 빠짐없이 붉은 스웨터의 사내에게 굴복당하는 광경을 지켜보았다. 벅은 그 잔인한 광경을 지켜보면서 교훈을 뼛속 깊이 계속해서 새겨 넣을 수 있었다. 몽둥이를 든 사람이 입법자이며 주인이라는 교훈, 반드시 화해를 할 필요는 없더라도 복종을 해야만 한다는 교훈이었다. 벅은 패배한 개들이 그 사내에게 꼬리를 흔들거나 사내의 손을 핥으면서 아양을 떠는 모습을 자주 볼 수 있었다. 하지만 벅은 결코 그러지 않았다. 한편 아양을 떨지도 않고 복종하지도 않은 채 끝까지 싸우다 죽는 개도 볼 수 있었다.

종종 낯선 사람들이 와서 붉은 스웨터의 사내와 이야기를 나누었다. 그들은 열을 내기도 하고 감언이설을 늘어놓기도 했으며 붉은 스웨터의 사내의 비위를 맞추려 애쓰기도 했다. 그리고 그들 사이에 돈이 오가면서 낯선 사람들이 한 마리 혹은 여러 마리의 개를 데려가기도 했다. 벅은 그들이 어디로 가는지 궁금했다. 단 한 마리도 되돌아오지 않았기 때문이었다. 벅은 미래에 대한 두려움 때문에 자신이 선택되지 않으면 안도했다.

하지만 결국 그의 차례가 왔다. 그 사람은 작은 키에 몹시 여윈 사람이었으며 영어가 서툴렀고 이따금 벅이 이해할 수 없는 이상하고 상스러운 감탄사를 내지르곤 했다.

그 사내는 벅을 보자 외쳤다.

"오, 이런 세상에! 정말 끝내주는 놈이네! 얼만가?"

"300달러. 그 값이면 거저지." 붉은 스웨터의 사내가 재빨리 대답했다. "게다가 어차피 나랏돈 아니야? 아무런들 당신이 해고당할 일은 없잖아. 그렇지 않은가, 페로?"

페로는 씩 웃었다. 수요가 폭증하는 바람에 개 값이 천정부지로 치솟고 있는 형편이니 이런 멋진 개의 가격으로는 바가지라고 할 수 없었다. 캐나다 정부가 손해 볼 일도 없었다. 속달 우편 배달 일이 늦어질 일도 없었다. 페로는 개에 대해 정통했고, 그는 벅을 보자마자 단번에 '천 마리 중에 한 마리 나올까 말까 한 개'임을 알아차렸다. '아니야, 만 마리 중에 하나일 거야'라고 그는 속으로 중얼거렸다.

벅은 둘 사이에 돈이 오가는 것을 지켜보았다. 그리고 이 여위고 키 작은 사내가 성격이 유순한 뉴펀들랜드종인 컬리와 자기를 데려가는 것을 보고도 놀라지 않았다. 벅은 그 뒤로 다시는 붉은 스웨터의 사내를 보지 못했다. 그리고 나르월호 갑판에서 컬리와 함께 시애틀이 멀어져가는 것을 바라본 것이 따뜻한 남쪽 땅의 마지막 모습이었다.

페로는 벅과 컬리를 갑판 아래로 데려가서 프랑수아라는 검은 얼굴의 몸집이 큰 사내에게 건네주었다. 페로는 프랑스계 캐나다인으로서 얼굴이 가무잡잡했다. 프랑수아도 프랑스계 캐나다인이었지만 인디언 피가 섞여 있어서 페로보다 두 배는 더 가무잡잡했다. 페로와 프랑수아는 벅이 이제껏 겪어보지 못한 부류의 사람들—하지만 앞으로는 많이 만나게 되어 있는—이었다. 벅은 그들에게 애정을 주지는 않았지만 점점 더 진심으로 그들을 존경하게 되었다. 벅은 페로와 프랑수아가 올바른 사람들이며 조용하고 공평한 사람들이라는 것을 금세 알 수 있었다. 게다가 개들에 대해 너무 잘 알고 있어서 개들에게 속아넘어갈 사람들이 아니라는 것도 알 수 있었다.

벅과 컬리는 나르월호 갑판에서 두 마리의 다른 개와 합류했다. 그중 한 마리는 스피츠베르겐 출신의 몸집이 크고 눈처럼 흰 털을 가진 개였다. 고래잡이배 선장이 그곳에서 데려온 개로서 바렌 지방(캐나다 북부 툰드라 지역) 지질 탐사단을 따라 그곳에 다녀오기도 했다. 녀석은 겉보기에는 상냥했다. 하지만 그 상냥함 속에는 뭔가 음흉한 것이 숨어 있는 것 같았고 겉으로는 웃고 있지만 그 속은 도무지 알 수 없는 것 같은 부류였다. 예를 들어 벽에게 첫 번째 식사가 주어졌을 때 벽의 몫을 훔쳐간 것만 보아도 알 수 있었다. 벽은 그에게 달려들어 혼내려 했다. 순간 프랑수아의 채찍이 먼저 허공을 가르더니 죄를 지은 자를 내리쳤다. 벽은 조용히 뼈다귀를 되찾을 수 있었다. 벽은 프랑수아가 공정한 사람이라고 생각했고 이 혼혈인을 높이 평가하게 되었다.

다른 한 마리 개는 다른 개에게 다가가지도 않고 다가오지도 못하게 하는 개였다. 그 개는 침울하고 뚱한 녀석으로서 컬리에게 자기를 가만 내버려두라고, 만일 그러지 않으면 가만두지 않겠다는 태도를 보였다. 녀석의 이름은 데이브였다. 데이브는 온종일 먹고 자고 하품만 하면서 아무것에도 흥미를 보이지 않았으며 심지어 나르윌호가 퀸샬릿 해협을 가로지르며 선체가 흔들리며 요동을 칠 때도 마찬가지였다. 벽과 컬리가 흥분해서 겁에 질려 있는데도 녀석은 따분하다는 듯 고개를 들어 무심하게 한번 쓱 둘러보고는 하품을 하면서 다시 잠 속으로 빠져들었다.

배는 밤낮으로 쉴 새 없이 고동치는 프로펠러에 맞춰 밤낮으로 요동하며 전진했으며 매일매일 똑같은 나날이 이어졌다. 하지만 벅은 날씨가 차츰차츰 추워지는 것을 분명히 느낄 수 있었다. 어느 날 아침, 마침내 프로펠러가 잠잠해졌고 나르월호가 흥분된 분위기에 휩싸였다. 다른 개들과 마찬가지로 벅도 그것을 분명히 느꼈고 이제 변화된 삶이 가까워졌음을 알았다. 프랑수아는 개들에게 가죽끈을 묶은 뒤에 갑판으로 데리고 갔다. 차가운 첫발자국을 내딛자마자 벅의 발이 마치 하얗고 진흙처럼 부드러운 곳에 푹 빠졌다. 벅은 콧김을 내뿜으며 뒤로 물러났다. 하지만 그 하얀 것은 점점 더 많이 하늘에서 내려오고 있었다. 벅은 몸을 부르르 떨어 그것을 털어냈다. 하지만 그것들은 계속 벅의 몸에 쌓였다. 벅은 호기심에 냄새를 맡아보았고 혀에 대고 핥아보았다. 마치 불처럼 톡 쏘는 것 같더니 금세 사라져버렸다. 벅은 어리둥절했다. 그는 다시 한번 혀로 핥아보았다. 마찬가지였다. 주변에서 그 모습을 본 사람들이 요란하게 웃었다. 벅은 창피했지만 그들이 웃는 이유를 알 수 없었다. 벅은 생전 처음 눈을 본 것이었다.

제2장 몽둥이와 송곳니의 법칙

다이 해변에서의 첫날이 벅에게는 악몽 같았다. 매시간이 충격과 놀람의 연속이었다. 그는 갑자기 문명의 심장부로부터 끌려 나와 원시적인 존재들의 한복판에 내팽개쳐진 것이다. 이곳은 한가롭게 햇볕이나 쬐면서 빈둥거리거나 따분해할 수 있는 곳이 아니었다. 이곳에는 평화도, 휴식도 없었으며 단 한순간의 안전도 존재하지 않았다. 모든 것이 혼동이었고 행동이었으며 매 순간 생명의 위협과 부상의 위험에 노출되어 있었다. 이곳에서는 언제나 정신을 바짝 차리지 않으면 안 되었다. 이곳의 개들과 사람들은 도시의 개들과 사람들이 아니었다. 그들은 한결같이 몽둥이와 송곳니의 법칙 외에는 아무것도 모르는 야생 족속들이었다.

벅은 개들이 이렇게 늑대처럼 싸우는 모습을 한 번도 본 적이 없었다. 그는 그런 싸움을 처음으로 겪고서 잊을 수 없는 교훈을 얻었다. 물론 간접적인 경험이었다. 그가 직접 그런 경험을 했다면 아마 그는 살아남지 못했을 것이고 당연히 그 경험을 이용할 기회조차 갖지 못했을 것이다. 컬리가 바로 그 희생자였다. 그들이 통나무 집 근처에 자리를 잡자, 컬리는 버릇대로 친밀하게 어느 에스키모개에게 다가갔다. 다 자란 늑대 크기였지만 컬리의 반 정도 덩치의 개였다. 아무런 경고도 없었다. 다만 번개처럼 재빠른 도약, 날카롭게 번득인 이빨, 이어서 역시 재빠른 물러섬, 그것이 전부였다. 컬리의 얼굴은 눈으로부터 턱까지 찢어져 있었다.

일격을 가한 후 뒤로 재빨리 물러서는 것, 그것이 전형적인 늑대의 싸움 방식이었다. 하지만 그것으로 끝이 아니었다. 삼사십 마리의 에스키모개들이 그곳으로 몰려와 싸우고 있는 두 마리 개를 촘촘하게 빙 둘러싸고 조용히 지켜보고 있었다. 벅은 그 개들이 왜 그렇게 조용히 있는지, 그들이 왜 그렇게 입맛을 다시고 있는지 이해할 수 없었다. 컬리가 상대방에게 달려들자 적은 다시 한번 공격하고 옆으로 빠졌다. 그리고 컬리가 또 달려들자 그 개는 컬리를 가슴으로 맞받아쳤다. 어떻게 했는지 모르겠지만 컬리는 바닥에 쓰러져 뒹굴더니 다시는 일어나지 못했다. 지켜보던 에스키모개들은 바로 그 순간을 노리고 있었다. 개들은 으르렁거리고 짖어대면서 컬리를 덮쳤고 털이 곤두선 몸뚱이들 밑에 깔린 컬리는 단말마의 비명을 질렀다.

　너무 순식간에 벌어진 예기치 않던 일이었기에 벅은 깜짝 놀랐다. 스피츠가 붉은 혀를 길게 내밀고 있는 모습이 보였다. 그가 웃을 때 하는 짓이었다. 이어서 프랑수아가 손도끼를 들고 개들 사이로 뛰어들고 있는 모습이 보였다. 몽둥이를 든 세 명의 사내가 프랑수아를 도와 함께 개들을 쫓아냈다. 그다지 오랜 시간이 걸리지 않았다. 컬리가 쓰러진 지 채 2분도 되지 않아 컬리를 공격했던 개들은 모두 쫓겨났다. 하지만 컬리는 핏자국과 발자국이 어지럽게 흩어져 있는 눈 위에 축 늘어진 채 이미 숨이 끊겨 있었다. 그야말로 조각나다시피 한 컬리를 내려다보며 혼혈인 프랑수아는 심한 욕설을 퍼부었다. 훗날 그 광경이 종종 벅의 꿈속에 나타나 그의 잠을 설치게 만들었다. 그것이 바로 이곳의 방식이었다. 정정당당함이란 없었다. 한 번 쓰러지면 그것으로 끝이었다. 그 광경을 본 이상 절대로 쓰러지면 안 되었다. 스피츠는 혀를 날름거리며 또다시 웃었다. 바로 그 순간부터 벅은 스피츠를 뼛속 깊이 증오했다.

컬리가 맞이한 비극적인 죽음의 충격에서 벗어나기도 전에 벅은 또 다른 충격을 맛보아야 했다. 프랑수아가 그에게 가죽 끈과 버클을 채운 것이다. 전에 집에 있을 때 말구종이 말들에게 채우던 마구(馬具)와 비슷한 것들이었다. 그는 말이 그런 것을 차고 일하는 것을 보았었다. 그런데 이제 그도 말처럼 일을 할 수밖에 없게 된 것이다. 그날 벅은 프랑수아가 탄 썰매를 끌고 계곡 가장자리 숲까지 갔다가 땔감을 가득 싣고 돌아왔다. 그는 자신이 짐을 나르는 짐승이 되었다는 사실에 자존심이 상했지만 반항을 할 정도로 어리석지는 않았다. 비록 그에게 새롭고 낯선 일이었지만 그는 자발적으로 진지하게 일을 받아들였으며 최선을 다했다. 프랑수아는 엄했으며 절대적인 복종을 원했고 채찍질로 원하는 바를 이뤘다. 경험이 많은 데이브는 벅의 뒤에서 달리면서 그가 실수하면 엉덩이를 깨물곤 했다. 역시 경험이 많은 스피츠는 리더로서 맨 앞에서 달렸으며 벅을 직접 물 수 없는 위치였기에 가끔 으르렁거리며 벅을 야단치거나 썰매 줄에 은근히 몸무게를 실어 벅이 제자리를 잡을 수 있게 끌어당겼다. 벅은 쉽게 일을 배웠으며 두 동료와 프랑수아의 가르침 덕분에 놀랄 만큼 많은 것을 익혔다. 벅은 캠프로 돌아오기 전에 이미 '워' 하면 멈추고 '이랴' 하면 가야 한다는 것도 배웠고 모퉁이에서는 크게 돌아야 한다는 것과 짐을 실은 썰매가 내리막길을 달려갈 때는 맨 마지막 개와 멀리 떨어져야 한다는 것도 배웠다.

"세 놈 다 썩 괜찮은 놈이에요." 프랑수아가 페로에게 말했다. "저 벅이란 놈, 정말 열심이네요. 금세 뭐든 가르칠 수 있겠어요."

그날 오후 페로는 두 마리의 개를 더 데리고 왔다. 속달 우편 배달 일에는 속도가 생명이기 때문이었다. '빌리'와 '조'라는 형제 개로서 둘 다 순종 에스키모개였다. 둘은 한배에서 나왔지만 마치 낮과 밤처럼 달랐다. 빌리의 한 가지 단점은 너무 성격이 좋다는 것이었다. 하지만 조는 정반대로 심술궂고 내성적인 성격으로서 늘 으르렁거리며 사나운 눈초리를 하고 있었다. 벅은 둘을 친구로 대했지만 데이브는 그들을 무시했고 스피츠는 하나씩 혼을 내줄 궁리를 했다.

빌리는 잘 지내자는 뜻에서 스피츠에게 꼬리를 흔들었다. 하지만 별 소용이 없음을 알고 돌아서려다 스피츠가 날카로운 이빨로 옆구리를 물자 비명을 질렀다. 하지만 빌리의 비명에 적개심은 담겨 있지 않았다. 스피츠는 이번에는 조를 노렸다. 스피츠가 조의 주변을 빙글빙글 돌았다. 하지만 조도 뒷발을 축으로 빙글빙글 돌면서 정면으로 맞섰다. 조는 목덜미의 털을 바짝 세우고 귀를 뒤로 쫑긋 젖혔다. 그의 일그러진 입에서는 으르렁거리는 소리와 바드득 이 가는 소리가 났고 두 눈은 악마처럼 무시무시하게 번득였다. 싸움에 나선 공포의 화신 그 자체였다. 그 모습이 너무 무시무시했기에 스피츠도 본때를 보여주겠다는 생각을 접어둘 수밖에 없었다. 머쓱해진 그는 자신의 실패를 덮어버리기 위해 아무 악의 없이 울고만 있던 빌리에게 달려들어 그를 캠프 끝까지 쫓아버렸다.

저녁 무렵 페로는 다른 개 한 마리를 더 데리고 왔다. 몸이 길고 몹시 여윈 늙은 에스키모개로서 싸움에서 얻은 상처가 얼굴에 새겨져 있었고 그의 외눈에서는 아무도 함부로 대하지 말라고 경고하듯 용맹한 빛이 뿜어 나오고 있었다. 그의 이름은 '솔렉스'였으며 성난 개라는 뜻이었다. 솔렉스도 데이브와 마찬가지로 아무것도 묻지 않고 아무것도 주지 않았으며 아무것도 기대하지 않았다. 그가 무리들 사이로 천천히, 그리고 유유히 걸어왔을 때 스피츠도 그를 어쩌지 못했다. 그에게는 한 가지 독특한 버릇이 있었는데 불행히도 그 버릇을 알게 된 당사자가 바로 벅이었다. 솔렉스는 누구든 자신의 보이지 않는 눈 쪽으로 오는 것을 싫어했다. 벅은 부지불식간에 그런 잘못을 저질렀다. 솔렉스가 고개를 홱 돌리더니 벅의 어깨뼈가 드러나도록 위에서 아래로 8센티미터나 물어뜯었고 벅은 그제야 자신이 경솔한 행동을 했음을 알 수 있었다. 이후 벅은 절대로 솔렉스의 눈이 보이지 않는 쪽으로는 가지 않았고 둘이 동료로 지내는 동안 아무런 말썽도 없었다. 그에게는 마치 데이브처럼 혼자 있고 싶다는 것 외에는 그 어떤 야심도 없는 것 같았다. 하지만 그 둘 모두에게도 야심이, 보다 절실한 야심이 있었으며 벅은 나중에 그것을 알게 되었다.

그날 밤 벅은 큰 문제에 봉착했다. 바로 잠자리를 구하는 문제였다. 흰 벌판 한복판에 촛불을 밝혀 놓은 텐트 안에서 따뜻한 불길이 타오르고 있었다. 벅은 마치 당연하다는 듯 그 안으로 들어갔다. 그러자 페로와 프랑수아가 그에게 욕설을 퍼부으며 조리 도구들을 집어 던지는 바람에 벅은 당황할 수밖에 없었다. 겨우 정신을 수습한 벅은 수치심을 느끼며 추운 바깥으로 도망갔다. 쌀쌀한 바람이 살을 에는 것 같았고 상처 입은 어깨는 이루 말할 수 없이 쑤셨다. 그는 눈 위에 누워 잠을 자려 했다. 하지만 곧바로 부르르 떨며 몸을 일으켜야만 했다. 비참하고 버림받은 기분으로 그는 텐트들 사이를 돌아다녔지만 그어느 곳도 추운 것은 마찬가지였다. 여기저기서 야생 개들이 그에게 달려들었다. 하지만 그가 목털을 곤두세우고 으르렁거리자(그는 배움이 빨랐다) 그들은 순순히 길을 내주었다.

　마침내 좋은 생각이 떠올랐다. 돌아가서 동료들이 어떻게 하고 있는지 살펴보기로 한 것이다. 그런데 놀랍게도 모두 어디론가 사라지고 없었다. 그는 다시 한번 큰 텐트 주변을 돌며 그들을 찾다가 제자리로 돌아왔다. 텐트 안에 있나? 아니, 그럴리 없었다. 자신만이 밖으로 내몰릴 리 없었다. 그렇다면 도대체 다들 어디 있단 말인가? 벅은 버림받은 기분으로 꼬리를 내린 채 덜덜 떨면서 텐트 주변을 빙빙 돌았다. 그런데 갑자기 발아래 눈이 무너져 내리면서 앞다리가 아래로 푹 빠져버렸다. 뭔가 발아래서 꿈틀거렸다. 벅은 이 보이지 않는 미지의 존재에 대해 더럭 겁이 나서 자신도 모르게 털을 곤두세우고 으르렁거리며 펄쩍 뛰어 뒤로 물러났다. 그런데 '멍' 하고 가볍게 짖는 친근한 소리에 그는 다시 다가가서 살펴보았다. 그러자 따뜻한 공기가 그의 코끝을 확 스쳤다. 눈 아래 둥글고 아늑한 공간이 있었고 빌리가 몸을 웅크리고 누워 있었다. 빌리는 벅을 달래듯이 낑낑거리며 자신에게 나쁜 뜻이 없다는 듯 꿈틀거렸다. 심지어 벅의 환심을 사려는 듯 따뜻한 혀로 벅의 얼굴을 핥아주기까지 했다.

벅은 또 한 가지를 배운 것이다. 아, 모두 이런 식으로 하는구나! 벅은 이제 자신 있게 자신이 잘 만한 곳을 골랐다. 그리고 힘들여 요란스럽게 자신을 위한 구덩이를 팠다. 순식간에 구덩이 공간이 자신의 체온으로 훈훈해졌고 그는 잠이 들었다. 비록 악몽과 싸우느라 자면서 으르렁거리기도 했고 짖기도 했지만, 너무 길고 힘든 하루를 보냈기에 그는 비교적 달고 편안하게 잠을 이룰 수 있었다.

다음 날 아침, 캠프에서 들려오는 왁자지껄 요란한 소리를 듣고서야 벅은 잠에서 깨어났다. 처음에는 자신이 지금 어디 있는지 몰라서 어리둥절했다. 밤새 눈이 내렸고 그는 눈에 완전히 파묻혀 있었다. 사방에서 눈이 온몸을 짓누르자 거대한 공포가 그를 사로잡았다. 덫에 대한 야생 동물로서의 본능적인 공포였다. 그것은 그가 지금 자신의 삶을 통해 아득한 선조들의 삶을 되살려내고 있다는 증거였다. 그는 문명화된, 그것도 과도할 정도로 문명화된 개였다. 그는 덫이라는 것은 전혀 경험해보지 못했으니 결코 덫을 무서워할 수 없었다. 하지만 본능적으로 온몸의 근육이 잔뜩 긴장되었으며 목과 어깨의 털이 바짝 곤두섰다. 그는 사납게 으르렁거리며 위로 뛰어올랐다. 그러자 눈가루가 눈부신 햇살에 반짝이는 구름처럼 벅 주변에 흩어졌다. 미처 발이 땅에 닿기도 전에 벅은 자신이 지금 어디 있는지 알아차렸다. 그리고 마뉴얼과 함께 산책을 나갔던 때부터 지난 밤 구덩이를 파던 때까지의 일이 낱낱이 기억났다.

그가 모습을 드러내자 프랑수아의 고함이 그를 반겼다.

"내가 뭐라고 했어요!" 그가 페로에게 외쳤다. "뭐든지 후딱 배우잖아요!"

그러자 페로가 천천히 고개를 끄덕였다. 페로는 캐나다 정부의 중요 우편물들을 배달하는 임무를 맡고 있었기에 그에 적합한 뛰어난 개를 확보하는 데 혈안이 되어 있었다. 그러던 차에 벅을 얻게 되었으니 기쁘지 않을 수 없었다.

한 시간 안에 세 마리의 에스키모개가 팀에 합류했고 모두 아홉 마리가 되었다. 이어서 15분이 채 지나기 전에 개들은 썰매 가슴 줄을 맨 채 다이 협곡을 향해 힘차게 나아가기 시작했다. 벅은 기뻤다. 일은 고됐지만 그 일이 그다지 싫지 않았던 것이다. 그는 팀 전체가 활기에 차서 열심히 일에 몰두하는 것에 놀랐으며 그 활기가 온통 자신에게도 전해지는 것을 느꼈다. 하지만 무엇보다 놀라운 것은 데이브와 솔렉스의 변한 모습이었다. 가슴 줄을 찬 그들은 완전히 다른 개로 변모해 있었다. 게

으름과 무관심한 모습은 어디론가 사라지고 없었다. 둘은 민첩하고 적극적이었으며 일이 잘 진행되도록 신경을 썼고 늦어지거나 혼란이 생기면 무섭게 화를 냈다. 썰매를 끄는 일은 그들의 존재를 드러낼 수 있는 가장 좋은 방법인 것 같았으며 그들의 삶의 목표이자 그들에게 기쁨을 주는 유일한 일인 것 같았다. 그리고 바로 그것이 그들이 지니고 있는 야심의 전부였다. 데이브는 맨 뒤에서 전체를 조율했고 바로 그 앞에 벅이, 벅 앞에 솔렉스가 있었다. 나머지 개들도 일렬로 연결되어 달렸으며 맨 앞의 리더는 스피츠였다.

벅을 데이브와 솔렉스 사이에서 달리게 한 것은 둘에게서 가르침을 받으라는 의도에서였다. 벅이 영리한 학생이었다면 그들은 유능한 교사였다. 그들은 벅이 잘못을 저지르는 즉시 시정해주었고 날카로운 이빨로 교육 효과를 높였다. 데이브는 공정하고 현명했다. 그는 이유 없이 벅을 무는 적이 결코 없었으며 물어야 할 필요가 있을 때면 절대로 그냥 넘어가는 법이 없었다. 덤으로 프랑수아의 채찍을 등에 맞으며 벅은 데이브에게 앙갚음을 하기보다는 자신의 실수를 고치는 것이 더 낫다는 것을 알았다. 썰매가 잠시 멈춰 쉬는 사이 벅이 줄을 엉키게 만들어 출발이 늦어지는 일이 벌어졌다. 그러자 데이브와 솔렉스가 달려들어 호되게 혼을 내주었다. 그 바람에 줄이 더 꼬이긴 했지만 이후 벅은 조심해서 더 이상 줄이 꼬이지 않게 할 수 있었다. 그날 하루가 다 가기도 전에 벅은 자신의 일을 완전히 숙지했고 두 동료도 더 이상 그를 타박하지 않았다. 프랑수아의 채찍질도 현저하게 줄어들었고, 페로는 벅의 발을 들고 주의 깊게 살펴보는 영광까지 베풀었다.

정말 힘들게 달린 하루였다. 다이 협곡을 지나 시프 캠프를 통과하고 스케일스 언덕과 수목 한계선을 지났다. 이어서 몇십 미터 두께의 빙하와 설원 지대를 지났고 바닷물과 담수의 경계에서 슬프고 쓸쓸한 북극을 무서운 모습으로 지켜보고 있는 거대한 칠쿳 고개를 넘어갔다. 일행은 사화산 분화구들로 이루어진 일련의 호수들을 따라 한참 내려간 뒤에 그날 밤이 되어서야 베넷 호수 어귀의 드넓은 캠프에 도착했다. 그곳에는 황금을 캐러 온 수많은 사람들이 봄철 해빙에 대비해서 배를 만들고 있었다. 벅은 눈 속에 구덩이를 파고 피곤에 지쳐 그대로 곯아떨어졌다. 하지만 아직 어둑어둑한 이른 새벽에 동료들과 함께 썰매에 줄을 매고 다시 길을 떠나야 했다.

그날 그들은 60킬로미터를 달렸다. 길이 잘 다져져 있던 덕분이었다. 하지만 그다음 며칠간은 길을 새로 다지며 달려야

했기에 힘이 더 들었고 시간도 더 걸렸다. 페로는 팀의 맨 앞에서 그물 모양의 신을 신고 썰매가 잘 달릴 수 있도록 눈을 다졌고 프랑수아는 썰매 선두에 서서 썰매의 방향을 조정했다. 이따금 둘이 역할을 교대하기는 했지만 그리 잦지는 않았다. 페로의 성격이 급한 데다 자신이 얼음에 대해 잘 알고 있다는 자부심이 있었던 것이다. 사실 얼음에 대한 지식은 필수적이었다. 가을철 얼음은 매우 얇은 데다 물살이 빠른 곳에서는 아예 얼음이 얼지 않기 때문이었다.

도저히 끝날 것 같지 않게 이어지는 매일매일이 벅에게는 힘든 노역이었다. 일행은 항상 동이 트기 전에 텐트를 걷었고 희미하게 동이 틀 때쯤이면 이미 떠나온 곳으로부터 몇 킬로미터나 떨어진 곳에서 길을 헤쳐나가고 있었다. 그리고 어두워진 다음에야 텐트를 쳤고 자기 몫의 생선을 먹은 다음 눈 속에 웅크리고 잠을 잤다. 벅은 늘 허기에 헐떡거렸다. 그의 하루치 식량인 말린 연어 700그램은 간에 기별도 가지 않았다. 하지만 다른 개들은 벅보다 몸집도 작고 이런 생활에 익숙한 탓에 450그램만 받아먹고도 건강을 유지할 수 있었다.

그는 이전 삶에서의 그의 특징이었던 천천히 음미하며 먹는 버릇을 빠르게 잃어버렸다. 천천히 먹다 보면 이미 자기 것을 먹어치운 동료가 뺏어 먹기 때문이었다. 도무지 막을 방법이 없었다. 두세 마리 개와 싸우고 있는 사이 남은 고기는 어느새 다른 개들의 목구멍으로 넘어가 버렸다. 그 짓을 막으려면 그들처럼 빠르게 먹어치워야 했다. 게다가 그는 너무 배가 고팠기에 남의 것을 넘보게까지 되었다. 그는 유심히 관찰해서 배웠다. 새로 온 개들 중에 파이크라는 놈이 있었다. 놈은 약삭빠르고 꾀도 많은 놈이었고 도둑질도 잘했다. 놈은 페로가 등을 돌리고 있는 사이 베이컨 한 조각을 슬쩍했다. 그 모습을 유심히 보고 있던 벅은 다음 날 놈이 한 짓을 그대로 따라서 큼지막한 베이컨 덩어리 한쪽을 훔쳤다. 그 바람에 큰 소란이 일었지만 벅은 전혀 의심을 받지 않았다. 대신 늘 어설픈 실수를 저질러서 야단을 맞곤 하던 더브가 벅이 한 짓을 뒤집어쓰고 벌을 받았다.

이 최초의 도둑질은 벅이 혹독한 북쪽 지방 환경에서 살아남을 수 있음을 보여준 사건이었다. 그 사건은 그가 변화하는 상황에 적응할 수 있는 능력이 있음을 보여준 것이었으니, 그 능력이 없다는 것은 곧바로 무서운 죽음을 맞이한다는 것을 뜻했다. 더 나아가 그 사건은 그가 지니고 있던 도덕성, 생존을 위한 무자비한 투쟁에서는 아무 쓸모도 없거나 오히려 거추장스

럽기까지 한 그 도덕성이 붕괴되거나 조각나고 있음을 보여주는 것이기도 했다. 사랑과 우정이 지배하고 있는 저 따뜻한 남쪽에서는 개인의 재산과 개인의 감정을 존중해주는 것이 바람직하다. 하지만 몽둥이와 송곳니의 법칙이 지배하고 있는 이곳 북쪽 지방에서는 그런 것을 염두에 두고 있는 자는 바보일 뿐이며 그런 것을 지키려다가는 살아남지 못하게 될 뿐이다.

물론 벅이 그 모든 것을 의식한 것은 아니다. 그는 적응한 것이고 그것이 전부였다. 그는 무의식적으로 새로운 삶의 방식에 적응한 것이다. 지금까지 살아오는 동안 벅은 아무리 유리하건 불리하건 그 어떤 싸움도 피하지 않았다. 하지만 붉은 스웨터를 입은 자의 몽둥이는 그에게 보다 근본적이고 원초적인 법칙을 새겨주었다. 문명화된 사회였다면 그는 도덕적 배려에 의해, 예컨대 밀러 판사의 승마 채찍을 지키려다 죽었을 수도 있다. 하지만 그가 도덕적 배려에서 벗어나 자신의 안위를 최우선으로 생각할 수 있게 되었다는 것은 그가 문명사회로부터 벗어났다는 확실한 증거였다. 그는 장난 삼아 도둑질을 한 것이 아니었다. 그는 그의 위(胃)의 맹렬한 외침 때문에 도둑질을 한 것이었다. 또한 그는 몽둥이와 송곳니를 존중했기에 남들 모르는 사이에 은밀하고 교활하게 도둑질을 했다. 한마디로 그가 그 짓을 한 것은 그 짓을 하는 것이 그 짓을 하지 않는 것보다 쉬운 때문이었다.

그의 발전(혹은 퇴행) 속도는 무척 빨랐다. 그의 근육은 강철처럼 단단해졌으며 어지간한 통증에는 무감각해졌다. 겉만 아니라 속도 한층 실해졌다. 그는 제아무리 역겹거나 소화하기 힘든 것일지라도 먹을 수 있었다. 그리고 일단 삼키고 나면 위액이 마지막 양분까지 살살이 빨아들였고 피가 그 영양분을 몸 구석구석까지 전달해서 그의 신체 조직을 한층 강인하고 단단하게 만들어주었다. 시각과 후각도 놀랄 만큼 날카로워졌으며 청각도 엄청나게 예민해져서 잠자는 동안에 제아무리 작은 소리가 들려도 그 소리가 안전한 소리인지 아니면 위험 신호인지 분간해낼 수 있었다. 그는 발가락 사이에 낀 얼음을 이빨로 빼내는 법도 배웠다. 또한 목이 마른데 두꺼운 얼음이 덮여 있으면 앞발을 높이 들었다가 내려쳐서 얼음을 깨고 물을 마셨다. 그중에서도 바람 냄새를 맡고 날씨를 예측할 수 있는 그의 능력은 독보적이었다. 바람이 잔잔한 날에도 벅이 나무나 둑 옆에 잠자리를 마련하면 나중에 반드시 바람이 심하게 불어왔고 덕분에 벅은 포근하고 아늑하게 잠을 잘 수 있었다.

벅이 이 모든 것을 경험을 통해서만 배운 것은 아니다. 오랫동안 죽어 있던 본능이 되살아난 것이다. 오랜 세대에 걸쳐 인간과 문명에 길들여지면서 축적되었던 것들은 그에게서 떨어져 나갔다. 벅은 희미하게 자기 종족의 저 오랜 젊은 시절, 야생 개들이 무리지어 숲속을 돌아다니며 짐승을 향해 뛰어들어 먹이를 구하던 시절을 기억해냈다. 그는 별로 힘들이지 않고도 이빨로 끊어내고 자르고 늑대처럼 먹이에 달려드는 법을 깨우쳤다. 그의 잊힌 선조들은 그런 식으로 싸웠다. 벅의 선조들은 벅의 내부에 잠재해 있던 옛 삶의 방식을 되살렸으며 그들이 혈통 속에 각인시켜 놓은 옛 기술들이 벅의 기술로 되살아났다. 벅은 마치 그가 그 기술을 늘 지니고 있었던 것처럼 별다른 노력이나 발견 없이 자신의 것으로 만들었다. 여전히 추운 어느 날 밤, 벅이 별을 향해 코를 높이 쳐들고 늑대처럼 길게 내뱉은 그 울부짖음은 죽어서 먼지가 된 조상들의 울부짖음이었다. 수 세기에 걸친 하늘을 향한 조상들의 그 울부짖음이 지금 벅을 통해 울려 퍼지고 있는 것이었다. 벅의 울부짖음의 운율은 조상들의 운율이었으며 그 운율에는 그들의 고뇌가 담겨 있었고 그것은 그들의 곤궁함, 그들의 추위, 그들의 어둠을 의미하고 있었다.

이렇게, 삶이란 하나의 꼭두각시에 불과하다는 것을 증명하

듯 옛 노래가 벅의 안으로 물결쳐 들어왔고 벅은 다시 본래의
자신으로 되돌아갔다. 그가 그렇게 될 수 있었던 것은 사람들
이 북쪽에서 노란 금속을 발견했기 때문이었고 마뉴얼이 자신
의 임금으로는 마누라를 비롯해 자신을 쏙 빼닮은 자식들을 먹
여 살리기 힘든 정원사 조수였기 때문이었다.

제3장 원시 야수 본능

원시 야수로서의 본능은 벅 안에 굳건하게 자리 잡고 있었으며 썰매 개로 살아간다는 모진 환경 속에서 그 본능은 무럭무럭 성장해 갔다. 하지만 그 성장은 은밀한 것이었다. 새롭게 태어난 교활함이 그를 침착하게 해주었고 자제력을 갖게 했다. 벅은 새로운 생활에 적응하느라 바빠서 마음 편할 때가 없었다. 그렇기에 싸움을 걸지 않았을 뿐 아니라 가능한 한 싸움을 피했다. 그는 신중했다. 그는 분별없이 나서지도 않았고 섣불리 행동을 취하지도 않았다. 심지어 벅과 스피츠 사이에 팽팽한 긴장감이 감돌고 있음에도 불구하고 벅은 조금도 짜증을 내지 않았으며 그 어떤 공격적인 행동도 하지 않았다.

하지만 스피츠는 벅이 위험한 경쟁자라는 것을 눈치채고 틈

이 날 때마다 벅을 향해 이빨을 드러내곤 했다. 심지어 일부러 벅을 괴롭혀 결국 둘 중의 하나는 죽어야 끝이 날 싸움을 유발하려고도 했다. 길을 떠난 지 얼마 안 되었을 무렵 결국 둘은 맞붙었고, 만일 예기치 않던 돌발 사건이 없었다면 실제로 둘 중 하나는 끝장을 보았을 것이다.

그날 저녁 일행은 황량한 라베르지 호숫가에서 야영을 준비하고 있었다. 눈보라가 몰아치고 살을 에는 듯한 모진 바람이 불어오는 가운데 일행은 어둠 속에서 야영할 장소를 더듬거리며 찾고 있었다. 정말 최악의 상황이었다. 등 뒤로는 깎아지른 듯한 절벽이 솟아 있었고 페로와 프랑수아는 얼어붙은 호수 위에 불을 피우고 잠자리를 마련해야 했다. 짐을 가볍게 하기 위해 그들은 다이아에 텐트를 버리고 왔다. 그들은 나뭇가지를 주워서 불을 피웠지만 얼음이 녹는 바람에 불이 꺼져버려 어둠 속에서 식사를 해야 했다.

벅은 바위 아래 움푹 들어간 곳에 잠자리를 만들었다. 너무 아늑하고 따뜻해서 프랑수아가 불에 녹여준 물고기를 나눠주는데도 나가기 싫을 정도였다. 그런데 벅이 자기 몫의 고기를 먹고 돌아왔을 때 누군가 그의 둥지를 차지하고 있음을 알았다. 으르렁거리는 소리를 들어보니 그는 바로 스피츠였다. 이제까지 적과 부딪치는 것을 되도록 피해온 벅이었지만 이번만은 참을 수 없었다. 벅 내부의 야수가 울부짖고 있었다. 벅은 분노해서 스피츠에게 달려들었다. 그 기세에 스피츠는 물론 벅 자신도 놀랐다. 하지만 더욱 놀란 것은 바로 스피츠였다. 지금까지 겪은 벅로는 자신의 경쟁자는 더없이 소심한 개였고 큰 몸집과 몸무게 덕분에 겨우 버티고 있다고 생각했기 때문이었다.

프랑수아도 무너진 눈구덩이 안에서 둘이 뒤엉기는 것을 보고 놀랐다. 그는 싸움의 원인을 단번에 알아차렸다.

"아, 그래!" 그가 벅에게 외쳤다. "본때를 보여주라고! 붙어보라고! 더러운 도둑놈에게!"

스피츠 역시 투지가 만만했다. 스피츠는 벅의 주변을 돌면서 덤벼들 기회를 노렸다. 그의 으르렁거리는 소리에는 분노와 결연한 의지가 넘쳐흐르고 있었다. 벅도 스피츠만큼 투지만만했으며 신중했다. 벅도 기회를 엿보며 빙글빙글 돌았다. 아무도 예상치 못하던 일이 벌어진 것은 바로 그 순간이었다. 그 일 때문에 둘 간의 주도권 싸움은 훨씬 뒤, 길고 험한 여정을 더 거친 다음으로 연기되었다.

페로의 욕설, 이어서 몽둥이로 뼈만 앙상한 몸뚱이를 때리는 소리, 고통에 겨워 깨갱거리는 날카로운 소리들이 들려와 뭔가 크게 혼란스러운 일이 벌어졌음을 알 수 있었다. 언제부터인가 갑자기 캠프 주변으로 털북숭이 개들이 슬금슬금 몰려든 것이었다. 근처 인디언 마을에서 캠프 냄새를 맡고 몰려온 굶주린 에스키모개들로서 100마리 가까이나 되었다. 벅과 스피츠가 싸우는 동안 몰래 숨어든 그들은 페로와 프랑수아가 굵은 몽둥이를 들고 그들 사이로 뛰어들자 이빨을 드러내며 맞섰다. 놈들은 음식 냄새에 환장해 있었다. 페로는 그중 한 놈이 식료품 상자에 머리를 처박고 있는 모습을 발견했다. 그가 사정없이 뼈만 앙상한 갈비뼈를 후려치자 식료품 상자가 거꾸로 바닥에 쓰러지고 말았다. 그러자 스무 마리의 굶주린 개들이 빵과 베이컨을 향해 달려들었다. 아무리 몽둥이로 내리쳐도 막무가내였다. 놈들은 몽둥이찜질에 깨갱거리면서도 미친 듯 달려들어 마지막 빵부스러기까지 삼켜버렸다.

그사이 놀란 썰매 개들이 둥지로부터 뛰쳐나왔지만 곧바로 침입자들로부터 무차별 공격을 받고 말았다. 벅은 이제껏 그런 개들은 처음 보았다. 뼈가 가죽 밖으로 불쑥 삐져나올 것만 같은 것이 더러운 가죽을 허름하게 걸친 앙상한 해골 꼴이었다. 놈들의 눈은 이글거리고 있었으며 송곳니를 드러낸 채 침을 질질 흘리고 있었다. 굶주림으로 인한 광기가 놈들을 대항하기

어려운 무시무시한 존재로 만들어 버린 것이다. 그들에게 대항하는 것은 불가능했다. 썰매 개들은 놈들의 단 한 번의 공격만으로 단번에 벼랑 끝에 몰렸다. 세 마리의 에스키모개에게 포위당한 벅은 순식간에 머리와 어깨가 찢어지고 갈라졌다. 그런 아수라장이 없었다. 빌리는 늘 그렇듯 울고만 있었다. 데이브와 솔렉스는 수많은 상처를 입고 피범벅이 되어서도 나란히 서서 용감하게 싸웠다. 조는 상대방에게 달려들어 악마처럼 물어뜯었다. 그는 벌써 에스키모개 한 마리의 앞다리를 물어 뼈까지 우지끈 부러뜨렸다. 꾀가 많은 파이퍼는 다리를 절룩거리는 놈에게 달려들어 목을 꽉 물고는 잡아당겨 부러뜨려버렸다. 벅은 입에 거품을 물고 달려드는 놈의 목을 물었고 그의 이빨이 목의 정맥까지 깊숙이 박히자 피가 확 뿜어져 나왔다. 입으로 따뜻한 피 맛을 보자 그는 더 흉포해졌다. 벅은 다른 개를 향해 몸을 날렸다. 순간 그의 목에 어떤 놈의 이빨이 박혔다. 스피츠였다. 옆에 있다가 비겁하게 동료를 공격한 것이다.

페로와 프랑수아는 캠프 주변의 개들을 쫓아낸 후 썰매 개들을 구하려고 황급히 달려왔다. 굶주린 야수와도 같았던 놈들도 그들 앞에서는 물러났으며 벅도 몸을 흔들어 목을 물고 있던 스피츠의 이빨을 떼어냈다. 하지만 놈들이 물러난 것은 잠시일 뿐이었다. 두 사람은 식량을 지키기 위해 다시 캠프 쪽으로 돌아갈 수밖에 없었다. 그러자 에스키모개들이 다시 몰려와 썰매개들을 공격했다. 빌리는 너무 겁에 질린 나머지 오히려 용기를 내서 둘러싸고 있는 에스키모개들을 향해 달려가더니 그들을 뚫고 얼어붙은 호수 위로 도망가 버렸다. 파이크와 더브가 그 뒤를 따랐고 나머지 개들도 뒤따랐다. 벅도 그들을 따라가려고 잔뜩 몸을 웅크렸다. 그때 스피츠가 자신을 향해 달려오는 모습이 곁눈으로 보였다. 벅을 넘어뜨리려는 의도가 분명했다. 일단 넘어져서 에스키모개들의 발밑에 깔리면 그것으로 끝장이었다. 벅은 다리에 잔뜩 힘을 주어 스피츠의 공격을 견뎌낸 뒤 호수를 향해 내달렸다.

잠시 후 아홉 마리의 개들이 모두 모였고, 숲속에서 숨을 곳을 찾았다. 비록 추격을 당하고 있지는 않았지만 이미 처참한 몰골이었다. 네댓 군데 부상을 입지 않은 개는 한 마리도 없었으며 중상을 입은 녀석들도 몇 있었다. 더브는 뒷다리를 심하게 다쳤다. 다이아에서 마지막으로 팀에 합류한 돌리는 목이 심하게 찢어졌고 조는 한쪽 눈을 잃었다. 착한 빌리는 한쪽 귀가 너덜너덜 씹힌 탓에 밤새 울면서 낑낑거렸다.

날이 밝자 개들은 다리를 절룩거리며 조심조심 캠프로 돌아왔다. 약탈자들은 가버렸지만 두 사람은 화가 잔뜩 나 있었다. 식량의 반을 약탈당한 것이다. 에스키모개들은 썰매 밧줄과 천으로 만든 덮개까지 씹어버렸다. 사실상 도저히 먹을 수 없는 것까지 놈들의 이빨을 피할 수 있었던 것은 아무것도 없었다. 놈들은 사슴 가죽으로 만든 페로의 가죽신 한 켤레를 먹어치웠으며 가죽으로 만든 썰매 줄도 끝장내 버렸고 심지어 프랑수아의 채찍 끝에 달린 가죽끈까지 먹어치웠다. 우울한 눈길로 채찍을 바라보며 생각에 잠겨 있던 프랑수아가 상처 입은 개들을 향해 고개를 돌렸다.

그는 작은 목소리로 부드럽게 말했다.

"아이고, 이놈들아, 그렇게 많이 물렸으니 미친개가 될 수도 있겠구나. 제길, 전부 미칠지도 몰라! 그렇지 않아요, 페로?"

페로는 불안한 듯 고개를 가로저었다. 도슨까지는 아직 640킬로미터가 남아 있었으니 개들이 광견병에 걸린다는 것은 상상조차 하기 싫은 일이었다. 두 사람은 두 시간 동안 욕설을 내뱉으며 애쓴 결과 겨우 개들의 가슴 줄을 정리할 수 있었고 상처로 만신창이가 된 팀은 힘겹게 출발했다. 이곳으로부터 도슨까지의 여정은 이제까지 그들이 겪은 것과는 비교도 할 수 없을 만큼 힘든 여정이었다.

서티마일강은 얼지 않은 채 도도히 흐르고 있었다. 물살이 세서 얼음이 얼 수 없었으며 소용돌이치는 곳이나 가장자리 물살이 약한 부분만 얼어 있을 뿐이었다. 그 강을 따라 48킬로미터를 힘겹게 나아가는 데 꼬박 엿새가 걸렸다. 한 걸음 한 걸음마다 개와 사람의 목숨이 걸려 있었기에 그만큼 더 험난한 여정이었다. 앞장서서 길을 탐색하던 페로는 열 번도 넘게 몸무게 때문에 얼음이 깨져 물에 빠졌지만 손에 들고 다니던 긴 장대를 얼음들 사이에 걸쳐 놓아 무사히 빠져나오곤 했다. 하지만 한파가 몰려와 기온이 영하 50도 가까이 되었기에 목숨을 부지하려면 얼음 구덩이에 빠질 때마다 불을 피우고 옷을 말려야만 했다.

하지만 페로는 조금도 기가 꺾이지 않았다. 그가 정부의 우편배달원으로 뽑힌 것도 그의 그런 굴하지 않는 정신 덕분이었다. 그는 몹시 여윈 얼굴을 얼음 속에 처박으면서도 동이 틀 무렵부터 밤이 될 때까지 온갖 위험과 맞서 싸웠다. 그는 발아래에서 얼음이 주저앉고 깨지는 상황, 단 한순간도 멈추거나 주저할 수밖에 없는 그런 상황에서도 가장자리의 얼음을 밟으며, 장애물을 비켜가듯 앞으로 나아갔다. 한번인가 얼음이 깨져 썰매가 물에 빠졌고 데이브와 벅도 물에 빠지는 사고가 일어났다. 그들을 겨우 끌어냈을 때는 몸이 반쯤 얼어 있었고 물을 잔뜩 먹고 있었다. 그 둘을 살리기 위해서는 불을 피워야 했다. 그들의 몸 전체를 단단한 얼음이 뒤덮고 있었기에 두 사람은 데이브와 벅을 불 주위를 빙빙 돌게 해서 땀을 내고 얼음을 녹이게 했다. 그들이 너무 불 가까이 가는 바람에 그들의 털이 불에 그슬리기도 했다.

한번인가는 스피츠가 물에 빠지는 바람에 벅 바로 앞까지 개들이 딸려 들어가는 일이 벌어졌다. 벅은 앞발로 미끄러운 얼음 구덩이 가장자리를 디딘 채 온 힘을 다해 버텼다. 사방에서 얼음이 깨지고 갈라지는 소리가 났다. 하지만 벅 뒤에서 데이브도 온 힘을 다해 버텼고 썰매 뒤에서 프랑수아가 관절에서 우두둑 소리가 날 정도로 썰매를 잡아 당겨서 무사할 수 있었다.

또, 강가의 얇은 얼음이 썰매 앞뒤로 모두 깨지는 바람에 절벽으로 올라가야만 하는 경우도 있었다. 페로는 기적적으로 절벽을 기어 올라갔고 그사이 프랑수아는 기적이 일어나기를 바라는 마음으로 기도했다. 이어서 두 사람은 썰매 밧줄과 개들의 가슴 끈 등 온갖 줄이란 줄은 다 모아서 긴 밧줄로 엮은 다음 개들을 한 마리씩 절벽 꼭대기로 끌어올렸다. 썰매와 짐까지 다 끌어올린 다음 프랑수아가 맨 마지막으로 올라왔다. 이어서 두 사람은 다시 내려갈 길을 찾기 시작했고 결국 내려갈 때도 밧줄을 이용해야만 했다. 그들은 그날 밤이 되어서야 목표 지점에서 400미터를 남겨 둔 채, 다시 강가로 되돌아올 수 있었다.

그들이 후탈린쿠아강의 단단한 얼음 지대에 도달했을 때 벽은 기진맥진해 있었다. 물론 다른 개들도 마찬가지였다. 하지만 페로는 지체한 시간을 만회하기 위해 새벽부터 늦은 밤까지 개들을 더 독려했다. 첫날 그들은 56킬로미터를 달려 빅 새먼강까지 갔고 다음 날도 또 56킬로미터를 달려 리틀 새먼강에 도착했다. 셋째 날에는 64킬로미터를 달려 파이브핑거스강 가까이 갈 수 있었다.

벽의 발은 다른 에스키모개들의 발만큼 야무지지도 않았고 단단하지도 않았다. 그의 마지막 야생의 조상이 동굴인이나 강가에 살던 사람들에게 길들여진 이래 수많은 세대를 거치면서 발이 점점 더 부드러워졌기 때문이다. 벽은 하루 종일 고통스럽게 절룩거렸으며 캠프를 차리면 마치 죽은 개처럼 그 자리에 그대로 드러누워 버렸다. 아무리 배가 고파도 자기 몫의 생선을 받으러 가지 않았기에 결국 프랑수아가 직접 갖다주어야만 했다. 또한 프랑수아는 매일 밤 저녁식사를 마친 후 벽의 발을 30분 동안 주물러주었다. 그뿐 아니라 자기 가죽 신발의 윗부분을 잘라내어 벅이 신을 만한 네 개의 가죽신을 만들어주었다. 덕분에 벅의 발은 한결 편해졌다. 어느 날 아침인가는 프랑수아가 깜빡 잊고 신발을 신겨주지 않자 벅은 등을 땅에 대고 누워 마치 애원이라도 하듯 허공에 네 발을 흔들었다. 마치 신발을 신겨주지 않으면 꼼짝도 하지 않겠다고 투정을 부리는 것 같았다. 페로는 그 모습을 보고 여윈 얼굴에 실소를 머금었다. 훗날 벅의 발이 단단하게 단련이 되자 프랑수아는 닳아서 너덜너덜해진 신발 네 짝을 던져버렸다.

어느 날 아침 펠리강에서 개들이 가슴 줄을 차고 있을 때였다. 그동안 별로 눈에 띄지도 않고 얌전히 지내던 돌리가 갑자기 발작을 일으켰다. 돌리는 늑대처럼 길고 애끓는 울음을 울어 상태가 심상치 않음을 알렸으며 그 울음소리에 모든 개들이 공포로 털을 바짝 세웠다. 돌리는 갑자기 벅에게 달려들었다. 벅은 이제까지 미친개를 본 적이 없었기에 미친 증상을 무서워할 이유가 없었다. 하지만 벅은 본능적으로 뭔가 무서운 일이라는 것을 느끼고 공포에 사로잡혀 도망갔다. 그렇게 벅은 곧바로 도망쳤고 돌리가 바로 뒤에서 입에 거품을 물고 헐떡거리며 뒤쫓았다. 그의 공포가 컸기에 돌리는 그를 잡을 수 없었고 돌리의 광기가 컸기에 벅은 돌리를 떨쳐낼 수 없었다. 벅은 숲이 우거진 섬 중턱으로 올라갔다가 낮은 곳까지 달려 내려갔고, 울퉁불퉁한 얼음이 깔린 뒤쪽의 수로를 건너 옆 섬으로 갔다가 이어서 강 본류로 돌아와 필사적으로 강을 건너기 시작했다. 달리는 내내 벅은 뒤를 돌아보지 않았지만 바로 뒤에서 돌리가 으르렁거리는 소리를 들을 수 있었다. 400미터 정도 떨어진 곳에서 프랑수아가 벅을 불렀다. 벅은 프랑수아가 자신을 구해주리라고 굳게 믿고 있었기에 숨을 헐떡이면서 왔던 길을 되돌아갔다. 프랑수아는 도끼를 손에 들고 있다가 벅이 곁을 스쳐지나가자마자 미친 돌리의 머리를 향해 도끼를 힘껏 내리쳤다.

기진맥진한 벅은 비틀거리며 썰매 쪽으로 다가가 숨을 헐떡이며 힘없이 썰매에 기대고 섰다. 스피츠에게는 절호의 기회였다. 스피츠는 벅에게 달려들어 저항하지 못하는 적의 어깨에 두 차례나 이빨을 박았으며 어깨뼈가 드러나도록 살을 찢어버렸다. 그러자 프랑수아가 채찍을 휘둘렀다. 벅은 스피츠가 이제껏 동료들 중 그 누구도 경험해본 적이 없는 모진 매를 맞는 것을 보고 기분이 흡족했다.

"저런 악마 같은 놈." 보고 있던 페로가 한마디 던졌다. "언젠가 저놈이 벅을 물어 죽일 거야."

그러자 프랑수아가 대답했다.

"저 벅이란 놈도 악마요. 내내 저놈을 지켜봐서 잘 알아요. 들어봐요. 언젠가 저놈이 광분해서 스피츠란 놈을 갈기갈기 찢어 눈밭에 던져버릴 거요. 그럼, 틀림없지……."

이후 벅과 스피츠 사이에서는 전쟁이 벌어졌다. 누구나 인정하는 팀의 리더인 스피츠는 남부에서 온 이 낯선 개에게 자신의 지배권이 위협받고 있음을 느끼고 있었다. 스피츠가 보기에 벅은 정말 이상한 놈이었다. 지금껏 남부에서 온 개치고 캠프에서건 여행에서건 이놈처럼 탁월한 능력을 보여준 놈은 본 적이 없었다. 모두 너무 약해 빠져서 힘든 일이나 추위, 배고픔으로 죽어갔다. 그런데 벅은 예외였다. 벅은 홀로 그 모든 것을 이겨내며 꿋꿋하게 살아남았고 에스키모개들에게 힘으로 맞섰으며 야성이 있었고 교활하기까지 했다. 게다가 벅에게는 우두머리 기질도 있었다. 또한 붉은 스웨터의 사나이에게 몽둥이찜질을 당하고 나서, 우두머리가 되고자 하는 그 욕망과 기질 내에 잠재해 있던 무분별한 용기가 완전히 잠재워졌다는 사실이 벅을 더 무서운 존재로 만들었다. 그는 극도로 교활했으며 거의 원초적인 것 이상이라고 할 정도의 참을성을 가지고 때가 되기를 기다릴 줄 알았다.

대장 자리를 차지하기 위한 둘 사이의 충돌은 결코 피할 수 없었다. 벅은 그 싸움을 원했다. 그는 그것이 그의 본성이기에 그 싸움을 원했으며, 이름 붙이기도 어렵고 이해하기도 어려운 썰매 개로서의 자부심에 굳건히 사로잡혀 있었기에 그 싸움을 원했다. 그 자부심은 썰매 개들이 죽는 순간까지도 지니고 있는 자부심이었다. 그 자부심 덕분에 그들은 썰매 끈에 묶인 채 즐겁게 죽어갈 수 있었으며 썰매 끈을 풀어야 하는 처지에 놓이게 되면 상심했다. 데이브가 맨 뒤의 조종견의 역할을 맡고서 느끼는 것도 그 자존심이었고 솔렉스가 그 앞에서 전력으로 썰매를 끌면서 느끼는 것도 바로 그 자존심이었다. 바로 그 자존심이 평상시에는 시큰둥하고 나른하기만 하던 데이브와 솔렉스를, 길을 나서자마자 열정과 야망에 가득 찬 존재로 변모시키는 것이다. 그 자부심은 하루 종일 그들을 독려하다가 밤에는 캠프에 그들을 던져 놓는다. 그러면 그들은 다시 우울하고 불만에 가득 찬 개로 돌아갔다. 스피츠를 독려하는 것도 바로 그 자부심이었다. 스피츠가 썰매를 끌 때 실수하는 개, 게으름을 피우는 개, 아침 출발 시간에 몸을 숨기는 비겁한 개를 때려눕히는 것도 바로 그 자부심 때문이었다. 그가 벅을 우두머리 경쟁자로 두려워하게 만든 것도 바로 그 자부심이었다. 그리고 그것은 바로 벅의 자부심이기도 했다.

벅은 스피츠의 지도자 자리를 공공연히 위협했다. 벅은 스피츠와 스피츠가 벌을 주어야 하는 개들 사이에 끼어들었다. 게다가 그는 고의로 그 짓을 했다. 어느 날 밤 밤새 폭설이 내렸다. 그런데 아침이 되어도 꾀돌이 파이크가 나타나지 않았다. 파이크는 눈이 30센티미터나 쌓인 구덩이에 감쪽같이 숨어 있었다. 프랑수아가 이름을 부르며 찾았지만 헛수고였다. 스피츠가 격노했다. 그는 캠프 주변을 돌아다니며 냄새를 맡았고 파이크가 숨어 있을 만한 곳은 모두 뒤졌다. 스피츠가 어찌나 무섭게 으르렁거렸는지 파이크는 그 소리를 듣고 벌벌 떨었다.

하지만 결국 그는 발각되었고 스피츠는 벌을 주기 위해 파이크에게 달려들었다. 순간 벅도 분노해서 둘 사이에 뛰어들었다. 너무 예기치 않은 일인 데다 삽시간에 벌어진 일이었기에 스피츠는 뒤로 물러서면서 넘어졌다. 그러자 벌벌 떨고 있던 파이크가 이런 공개적인 반란에 힘을 얻어 넘어져 있는 대장에게

야성의 부름

60

달려들었다. 이미 정정당당한 승부 따위는 잊어버린 벅도 동시에 스피츠에게 달려들었다. 그러자 그 모습을 보고 있던 프랑수아가 낄낄 웃으며 벅을 향해 엄중한 정의의 집행자로서의 채찍을 힘껏 내리쳤다. 벅이 그래도 쓰러져 있는 라이벌에게서 물러나지 않자 프랑수아는 채찍 손잡이를 휘둘렀다. 몽둥이질에 반쯤 정신이 나간 벅은 뒤로 물러났고 그의 몸 위로는 계속해서 채찍질이 이어졌다. 그사이 스피츠는 범법자 파이크를 수차례 응징했다.

그날 이후, 도슨이 점점 더 가까워짐에 따라 벅은 계속해서 스피츠와 스피츠가 벌을 주려는 죄인 사이에 끼어들었다. 하지만 벅은 프랑수아가 눈에 보이지 않을 때만 그 짓을 했다. 벅이 암암리에 하극상을 저지르자 다른 개들도 슬슬 스피츠에 대해 반항하기 시작했다. 데이브와 솔렉스만 한결같을 뿐 나머지 개들은 점점 더 버릇이 나빠졌다. 이제 더 이상 일이 제대로 돌아가지 않았고 다툼과 소란이 그치지 않았다. 늘 문제가 발생했고 그 배후에는 벅이 있었다. 벅은 프랑수아를 긴장하게 만들었다. 프랑수아는 두 마리의 개 사이에 조만간 생사를 건 혈투가 있으리라는 것을 알고 노심초사했다. 그는 다른 개들이 싸우는 소리를 듣고 벅과 스피츠가 싸우는 것이나 아닌가 하여 잠을 설친 적이 한두 번이 아니었다.

하지만 어느 음산한 날 오후 도슨에 도착할 때까지 좀처럼 둘이 대결할 기회는 오지 않고 뒤로 미뤄졌다. 도슨에는 많은 사람들과 수많은 개들이 있었으며 개들은 모두 열심히 일하고 있었다. 마치 개들은 모두 일을 해야 한다고 신이 운명적으로 명해 놓은 것 같았다. 개들은 낮 동안 길게 줄을 지어 대로를 오갔으며 밤에도 개들 목에 달린 방울 소리가 멀리까지 울려 퍼졌다. 개들은 통나무와 땔감을 나르고 광산까지 화물을 나르는 등, 산타클라라 계곡에서 말들이 하던 일을 모두 했다. 벅은 이따금 남부 출신의 개들도 만날 수 있었지만 대부분은 야생 늑대를 길들인 에스키모개들이었다. 에스키모개들은 매일 밤 9시, 자정, 새벽 3시에 섬뜩하면서 기이한 합창을 해댔다. 벅은 기꺼이 그 합창에 동참했다.

머리 위로는 북극의 오로라가 차갑게 빛나고 별들이 추위 속에서 춤을 추고 있으며 땅은 눈의 장막 아래 얼어붙어 마비된 이곳에서 들려오는 에스키모개들의 노래는 삶에 대한 도전인지도 몰랐다. 오로지 단조(短調)로 길게 통곡하듯이 이어지는 그 노래는 삶을 옹호하기보다는 실존의 고뇌를 보여주는 것 같았다. 그것은 그들 종족이 존재했던 세월만큼 길게 이어진 노래였으며 모든 노래들이 슬펐던 저 젊은 태고적 노래들 중의 하나였다. 그 노래에는 수없이 많은 세대를 따라 이어져 온 고뇌들이 담겨 있었으며 벅은 이상하게도 그 슬픔에 마음이 흔들렸다. 벅이 그 노래와 함께 슬퍼하며 울부짖은 것은 저 옛날 야생의 조상들이 느꼈던 고통을 그가 지금 느끼고 있기 때문이었고, 저 옛날 야생의 조상들이 이 춥고 어두운 곳에서 느꼈던 공포와 신비를 지금 그도 느끼고 있기 때문이었다. 그가 그 노래에 마음이 흔들렸다는 것은 그가 불과 지붕의 시대를 거슬러 올라가 짐승이 울부짖던 그 시대, 생명이 갓 시작되던 태초의 시대로 되돌아갔다는 것을 뜻했다.

그들이 도슨에 들어선 지도 일주일이 지났다. 그들은 가파른 둑을 타고 내려 유콘강까지 갔고 다이아와 솔트워터를 향해 출발했다. 페로는 이곳까지 가져온 우편물보다 더 급한 우편물들을 나르고 있었다. 그는 배달부로서의 오기를 발동해, 우편배달 신기록을 세우기로 마음먹었다. 몇 가지 상황들이 그의 이런 야심에 도움이 되었다. 일주일 동안 휴식을 취한 덕분에 개들이 원기를 회복했고 건강도 최상이 되었다. 또한 그들이 이곳까지 오면서 닦아놓은 길들은 나중에 온 여행자들에 의해 더 단단히 다져졌다. 게다가 경찰들이 개와 사람을 위해 식량을 보관해두는 곳을 두세 군데 마련해 놓았기에 짐을 줄일 수 있었다.

　그들은 첫날 96킬로를 주파했는데, 그중 75킬로미터는 그야말로 질주했다. 그리고 이틀째 되는 날 펠리를 향해 유콘강을 질주하는 그들의 모습을 볼 수 있었다. 하지만 그렇게 질주하는 가운데도 프랑수아는 크게 골머리를 앓았고 애를 태우기도 했다. 벅이 주도하는 은밀한 반란이 팀의 결속력을 떨어뜨렸기 때문이었다. 팀은 이제 더 이상 한 마리처럼 일사불란하게 움직이지 않았다. 벅은 반란자들을 부추겨 온갖 종류의 사소한 비행(非行)을 저지르게 했다. 스피츠는 이제 더 이상 크게 두려운 지도자가 아니었다. 스피츠를 향한 이제까지의 경외심은 사라지고 개들은 동등한 위치에서 그의 권위에 도전했다. 어느 날 밤 파이크는 스피츠의 고기 절반을 훔친 후 벅의 비호하에 꿀꺽 삼켜버렸다. 또 다른 어느 날 밤, 더브와 조가 스피츠와 싸움을 벌였고 스피츠로부터 마땅히 받아야 할 벌을 받지 않고 버텼다. 심지어 그토록 선량한 빌리까지도 예전만큼 순하지 않았으며 스피츠 앞에서 예전처럼 애처롭게 낑낑거리지도 않았다. 벅은 스피츠 가까이 갈 때마다 으르렁거리며 위협적으로 털을 곤두세웠다. 사실상 그는 골목대장 행세를 한 것이며 스피츠의 코앞에서 어깨를 펴고 으스대며 걸어 다니곤 했다.

그런 식으로 규율이 무너져감에 따라 개들 간의 관계에서도 변화가 생겼다. 개들이 자주 서로 싸우고 다투는 바람에 때로는 캠프 전체가 난장판이 되곤 했다. 데이브와 솔렉스만이 한결같았지만, 이 끊임없는 분쟁에 대해서는 화를 내곤 했다. 프랑수아는 온갖 욕지거리를 내뱉으며 발을 구르고 자신의 머리카락을 쥐어뜯기도 했다. 그는 끊임없이 개들에게 채찍을 휘둘렀지만 별무신통이었다. 그가 등을 돌리기만 하면 개들은 다시 싸움을 벌인 것이다. 그의 채찍은 스피츠 편이었고 벅은 늘 나머지 팀들 편이었다. 프랑수아는 이 모든 말썽의 배후에 벅이 있음을 잘 알고 있었고 벅은 그가 알고 있다는 사실을 알고 있었다. 하지만 벅은 영리해서 절대로 현장을 들키지 않았다. 그는 썰매를 끌 때 열심이었다. 그 일이 즐겁기 때문이었다. 하지만 동료들의 싸움을 부추기거나 줄을 엉키게 하는 것이 더 즐거웠다.

어느 날 밤 타키나강 어귀에서 저녁을 먹고 났을 때 일이었다. 더브가 토끼를 발견했다. 더브는 토끼를 쫓았지만 놓쳐버렸다. 순식간에 모든 개들이 토끼를 쫓았다. 90미터 정도 떨어진 곳에 노스웨스트 경찰서 캠프가 있었고 그 캠프의 50마리 에스키모개들도 일제히 추적에 동참했다. 토끼는 강을 따라 내려가다가 작은 개울을 만나자 언 개울 바닥을 따라 계속 위로 도망갔다. 토끼는 눈 위를 가볍게 달렸지만 개들은 발이 푹푹 빠지는 바람에 온 힘을 다해야 했다. 벅은 60마리 개들의 선두에 서서 굽이굽이 길을 돌아 토끼를 쫓았지만 잡을 수 없었다. 벅은 몸을 낮춘 채 힘겹게 낑낑거리며 질주했고 그의 아름다운 몸이 창백한 달빛 아래 껑충껑충 뛰어오르는 모습이 보였다. 토끼는 마치 창백한 얼음 요정처럼 깡충깡충 앞으로 달려갔다.

사냥철이 되면 인간은 오랜 본능에 이끌려 화약으로 동물을 죽이기 위해 도시를 떠나 들판으로 나선다. 피를 보고 싶은 욕망, 그 무언가를 죽이는 데서 오는 쾌감이 벅에게도 꿈틀거리고 있었으며 그 본능은 인간의 그것보다 더욱 강렬하고 본원적이었다. 그는 무리들의 맨 앞에서 달렸다. 야생 동물, 살아 있는 고기를 쫓아 그것을 자신의 이빨로 물어뜯고 자신의 주둥이를 직접 피로 흠뻑 적시고 싶었다.

사람에게는 삶의 정점이라고 할 수 있는 절대적인 무아경에 빠지는 순간이 오기도 한다. 삶의 역설이라고 할 수 있는 것이, 그 무아의 경지는 살아 있을 때만 맛볼 수 있으며 역으로 그 경지에 빠지게 되면 자신이 살아 있다는 사실조차 완전히 잊어버리게 된다. 자신이 살아 있다는 사실조차 망각하게 만드는 이 무아의 경지는 열정에 사로잡힌 예술가에게 찾아오기도 하고 싸움에 미쳐서 인정사정 보지 않는 전쟁터의 군인에게 찾아오기도 한다. 무리들의 앞에서 토끼를 쫓고 있는 벅도 그런 무아경에 빠져 있었다. 그는 늑대처럼 울부짖으며 살아 있는 먹이, 달빛 속에 질주하는 그 먹이를 쫓기 위해 전력을 다해 달렸다. 자기 자신보다 더 깊은 곳의 본성이 그에게 꿈틀거리고 있었으며 그는 저 태고의 시대로 되돌아가 있었다. 그는 순수한 생명의 파동, 존재의 물결에 사로잡혀 있었으며 근육과 관절과 힘줄 하나하나에 전해지는 쾌감에 완전히 지배당하고 있었다. 그 안에서 모든 것은 불멸(不滅)이었고 저 별 아래, 움직이지 않고 죽어 있는 사물의 표면을 의기양양하게 질주하는 그 움직임을 통해 그 흥분, 그 광포함이 표현되어 있었다.

하지만 스피츠는 흥분이 절정에 달했을 때조차 차갑고 계산적이었다. 스피츠는 무리에서 벗어나 냇물이 크게 휘어지는 좁은 길목을 가로질렀다. 벅은 그 사실을 모르는 채 냇물 굽이를 돌았다. 토끼는 여전히 그의 눈앞에서 눈의 요정처럼 달리고 있었다. 그때였다. 둑의 돌출부로터 토끼보다 훨씬 큰 또 다른 눈의 요정이 토끼 바로 앞으로 뛰쳐나오는 모습이 보였다. 스피츠였다. 토끼는 미처 발길을 돌리지 못하고 흰 이빨에 등뼈가 부러졌고 마치 사람처럼 외마디 비명을 질렀다. 삶의 정점에서 죽음에 사로잡힌 순간 내지른 그 비명 소리에 벅의 뒤를 따르던 무리들이 무시무시한 환호성을 한꺼번에 질러댔다.

벅은 소리를 지르지 않았다. 그는 멈추지 않고 그대로 스피츠에게 달려들었다. 어깨와 어깨가 강하게 부딪치는 바람에 그는 스피츠의 목을 물지 못했다. 벅과 스피츠는 눈보라를 휘날리며 땅 위를 뒹굴었다. 스피츠는 언제 넘어졌었냐는 듯 벌떡 일어나 벅의 어깨를 찢은 후 멀찌감치 뛰어 물러났다. 그는 자세를 가다듬으며 얇은 입술을 위로 말아 올려 으르렁거렸으며, 강철 덫처럼 강력한 이빨을 두 번씩 딱딱 부딪쳤다.

순간 벅은 알 수 있었다. 때가 왔다는 것을……. 이제 목숨을 걸어야 할 때가 되었음을……. 벅과 스피츠는 귀를 뒤로 바짝 눕힌 채 으르렁거리면서 빙빙 원을 그리며 상대방의 허점을 노렸다. 벅은 왠지 그 장면이 친숙하게 느껴졌다. 하얀 숲, 이 땅, 이 달빛, 전투의 스릴, 이 모든 것을 기억하고 있는 것 같았다. 천지가 새하얀 가운데 무서운 정적이 흐르고 있었다. 바람 한 점 불어오지 않았고 움직이는 것은 아무것도 없었다. 나뭇잎 한 장 움직이지 않았고 오로지 개들의 흰 입김만 주변을 맴돌

뿐이었다. 토끼를 해치운 개들은 이제 길들여지지 않은 늑대처럼 되어 잔뜩 기대에 차서 벅과 스피츠를 빙 둘러싸고 있었다. 그들은 미동도 하지 않고 조용히 있었으며 오로지 눈을 번뜩이며 찬 공기를 향해 입김만 천천히 내뿜고 있었다. 벅에게는 이 광경이 새롭거나 낯설지 않았고 늘 그래왔던 익숙한 장면처럼 여겨졌다.

스피츠는 숙련된 전사였다. 그는 스피츠베르겐섬으로부터 북극을 지나 캐나다와 바렌을 거쳐 오는 동안 온갖 종류의 개들과 싸움을 벌였고 그들을 지배해온 개였다. 그는 불같이 노할 줄 알았지만 분별없이 노하지는 않았다. 그는 상대방을 찢어 죽이겠다는 열정에 가득 차 있었지만 상대방도 똑같은 열정에 가득 차 있음을 알고 있었다. 그는 상대방이 먼저 달려들 때까지 절대로 자신이 먼저 달려들지 않았다. 상대방의 공격을 맞받아칠 준비가 되기 전에 먼저 상대방을 공격하지 않았다.

벅은 스피츠의 하얗고 큰 몸뚱이에 자신의 이빨을 박아 넣으려 애썼지만 소용이 없었다. 벅의 송곳니가 스피츠의 부드러운 살점을 노리면 스피츠의 송곳니가 격렬하게 반격했다. 송곳니와 송곳니가 맞부딪치고 입술이 찢어져 피가 흘렀다. 하지만 벅은 상대방의 방어벽을 결코 뚫을 수 없었다. 몸이 달아오른 벅은 사정없이 여러 방향에서 스피츠를 공격했다. 벅은 여러 번에 걸쳐 눈처럼 흰 스피츠의 목덜미를, 피부 바로 아래 생명이 끓어 넘치고 있는 그곳을 수차례 공격했고 그때마다 스피츠는 벅에게 상처를 입히고 몸을 피했다. 그러자 벅은 스피츠의 목덜미를 노리는 척하다가 갑자기 머리를 뒤로 빼면서 옆쪽으로 돌아 들어갔다. 어깨로 어깨를 들이받아 스피츠를 넘어뜨릴 심산이었다. 하지만 스피츠는 벅의 어깨를 물어뜯고 가볍게 몸을 피했다.

벅은 피를 흘리며 가쁜 숨을 몰아쉬었지만 스피츠는 말짱했다. 싸움은 더 처절해졌다. 늑대들처럼 주변을 둘러싼 채 이 싸움을 조용히 지켜보고 있는 개들은 어서 이 싸움이 끝나기만 기다렸다. 벅이 숨을 가쁘게 몰아쉬자 스피츠가 공격에 나섰고 벅이 휘청거렸다. 한번인가 벅이 넘어지자 60마리의 개들이 벌떡 일어나기도 했다. 하지만 벅은 곧 벌떡 일어났고 개들은 다시 제자리에 앉아 조용히 기다렸다.

하지만 벅은 그를 위대하게 만들어 줄 수 있는 자질, 즉 상상력이 있었다. 그는 본능으로도 싸웠지만 머리로도 싸웠다. 그는 한 번 써먹었던 어깨 부딪치기 기술을 쓰는 척하다가 순간적으로 눈에 거의 몸이 닿을 정도로 자세를 낮추고 돌진해 들어갔다. 결국 벅의 이빨이 스피츠의 왼쪽 다리에 박혔다. 이어서 뼈가 부러지는 소리가 났으며 하얀 개는 세 다리로 적과 맞설 수밖에 없게 되었다. 벅은 스피츠를 쓰러뜨리려고 세 번이나 돌진했으며 결국 그 낮은 자세의 기술로 스피츠의 오른쪽 앞다리마저 분질러 버릴 수 있었다. 스피츠는 고통스럽고 절망적인 상황에서도 미친 듯 저항하며 버텼다. 스피츠는 자신을 둘러싸고 있는 조용한 원들이 눈을 번득이고 입맛을 다시며 점점 거리를 좁혀 들어오는 것을 볼 수 있었다. 그는 이전에도 원을 그리고 있는 개들이 싸움에 진 상대를 향해 점차 거리를 좁혀 오는 모습을 본 적이 있었다. 이전과 다른 한 가지 사실은 바로 자기 자신이 그 싸움에 진 개라는 사실뿐이었다.

그에게 희망이라고는 없었다. 벅은 냉혹했다. 자비라는 것은 따뜻한 곳에서나 통하는 것이었다. 벅은 마지막 공격 자세를 취했다. 개들의 원은 그 숨결을 옆구리에 느낄 수 있을 정도로 좁혀져 있었다. 개들은 스피츠의 뒤쪽과 양옆으로 당장이라도 달려들 태세를 취하고 있었다. 그들은 곧장 뛰어들려는 듯 몸을 잔뜩 웅크린 채 스피츠에게 시선을 고정하고 있었다. 세상이 온통 정지된 것 같았다. 모두가 돌이라도 되어버린 것처럼 꼼짝도 하지 않았다. 오직 스피츠만이 눈앞에 임박한 죽음을 쫓아내려는 듯 주변을 향해 으르렁거리며 마지막 안간힘을 다하고 있었다. 결국 벅이 달려들어 끝장을 냈다. 하지만 그는 스피츠를 물지 않고 어깨를 부딪쳐 그를 쓰러뜨리고 물러났다. 달빛이 흐르는 눈 위에서 어두운 원이 한 점으로 줄어들었고 그렇게 스피츠는 시야에서 사라졌다. 벅은 그 자리에 서서 그 광경을 지켜보았다. 그는 승리를 거두고 챔피언이 된 것이며 적을 죽이고 만족감에 젖어 있는 원시적인 야수가 된 것이다.

제4장 벽, 대장이 되다

"거봐요, 내가 뭐랬어요? 벽, 저 놈이 스피츠보다 두 배는 더 악마라고 했잖아요."

다음 날 아침 스피츠의 모습이 보이지 않고 벽이 상처투성이인 것을 보고 프랑수아가 페로에게 말했다. 그는 벽을 불 가까이 데려가서 불빛에 상처를 비춰보았다.

페로가 여기저기 찢어지고 베인 벽의 상처를 살펴보며 말했다.

"스피츠란 놈, 정말 지독하게 싸웠군."

그러자 프랑수아가 말했다.

"벽이란 놈은 두 배는 더 지독하게 싸웠어요. 이제 좀 나아질 거예요. 스피츠란 놈이 없으니 말썽도 없을 테니까요."

페로가 캠프 장비를 챙겨 썰매에 싣는 동안 프랑수아는 개들에게 가슴 줄을 채웠다. 벅은 스피츠가 차지하고 있던 대장 자리로 터벅터벅 걸어갔다. 하지만 프랑수아는 그런 벅을 보지 못하고 솔렉스를 그 자리로 데려갔다. 그의 판단으로는 남은 개들 중에 솔렉스가 으뜸이었다. 화가 난 벅은 솔렉스에게 달려들어 쫓아낸 다음 그 자리를 떡하니 지키고 섰다.

"뭐야!" 프랑수아가 재미있다는 듯 자신의 넓적다리를 탁 치며 외쳤다. "허, 벅, 저놈 좀 보게. 스피츠를 자기가 죽였으니 자기가 그 자리를 차지해야 한다, 이거지? 이놈아, 저리 가지 못해!"

프랑수아가 소리쳤지만 벅은 꿈쩍도 하지 않았다. 그는 벅의 목덜미를 붙잡았다. 벅이 위협적으로 으르렁거렸지만 그는 아랑곳하지 않고 벅을 옆으로 밀어낸 다음 그 자리에 솔렉스를 세웠다. 늙은 개는 그 자리를 원치 않았으며 자신이 벅을 무서워한다는 뜻을 분명하게 드러냈다. 하지만 프랑수아는 완강했다. 그런데 그가 등을 돌리자마자 벅이 솔렉스의 자리를 빼앗았다. 벅은 결코 물러날 생각이 없었다.

프랑수아는 화가 치밀었다.

"이놈아, 저리 가지 못해! 정말 혼나고 싶어?" 그가 몽둥이를 들고 다가오며 벅에게 고함을 질렀다.

벅에게 붉은 스웨터의 사내가 생각났다. 그는 천천히 물러났다. 솔렉스가 다시 앞자리를 차지했을 때도 그는 덤빌 엄두를 내지 못했다. 하지만 그는 완전히 물러나지 않고 슬픔과 분노에 차서 으르렁거리면서 몽둥이가 닿지 않을 만한 거리를 유지한 채 맴돌았다. 그는 그렇게 주변을 맴돌면서 프랑수아가 몽둥이를 휘두르면 피할 수 있도록 단단히 주의했다. 그는 몽둥이에 대해서 너무나 잘 알고 있었던 것이다.

프랑수아는 개들의 가슴 줄을 채운 다음 벅을 불렀다. 늘 그랬듯이 데이브 앞에 세우기 위해서였다. 벅은 두세 발자국 뒤로 물러났다. 프랑수아가 벅에게 다가가자 벅은 다시 물러났다. 몇 번 같은 일이 반복되자 프랑수아는 몽둥이를 바닥에 내려놓았다. 벅이 매질이 무서워서 그런다고 생각한 것이다. 하지만 벅은 공공연히 반항하고 있었다. 그가 원한 것은 매질을 피하는 것이 아니라 대장이 되는 것이었다. 그것은 자신의 권리였다. 그가 노력해서 그 자리를 얻었으니 그보다 못한 자리에 만족할 수 없었다.

보다 못해 페로까지 나섰다. 그들은 족히 한 시간가량 벅을 쫓아다녔다. 그들은 벅을 향해 몽둥이를 던졌다. 벅은 몽둥이를 피했다. 그들은 벅을 저주했고 벅의 조상들에 대해 욕설을 퍼부었으며 벅의 자손들까지 대대손손 저주했다. 또한 벅의 몸에

난 털 한 올 한 올에 대해서, 그의 혈관을 흐르는 피 한 방울 한 방울에 대해서 저주를 퍼부었다. 벅은 그 저주에 대해 으르렁거리는 소리로 답하면서 그들과 일정한 거리를 유지했다. 그는 멀리 도망가 버리지 않고 계속 캠프 주변을 맴돌았다. 그가 원하는 것이 실현될 수 있다면 제자리로 돌아가 얌전히 일하겠다는 뜻을 분명히 밝힌 것이다.

프랑수아는 그 자리에 주저앉아 머리를 긁적였다. 페로는 시계를 들여다보며 욕설을 퍼부었다. 아까운 시간이 흐르고 있었다. 벌써 한 시간 전에 출발했어야만 했다. 프랑수아가 다시 머리를 긁적였다. 그는 고개를 흔들더니 페로를 바라보며 멋쩍은 웃음을 씩 흘렸다. 그러자 페로도 자신들이 졌다는 듯 어깨를 으쓱해 보였다. 프랑수아는 솔렉스가 서 있는 곳으로 다가가며 벅을 불렀다. 벅은 개들이 웃는 방식으로 웃었지만 다가오지는 않은 채 프랑수아와 일정한 거리를 유지했다. 프랑수아가 솔렉스의 어깨 줄을 풀어준 다음 원래의 자리로 돌려보냈다. 개들은 썰매 앞에 일렬로 늘어서서 출발 준비를 모두 마쳤다. 맨 앞자리를 제외하고는 벅이 들어설 자리는 없었다. 프랑수아가 벅을 다시 한번 불렀다. 하지만 벅은 웃음을 띤 채 멀찌감치 떨어져 있기만 했다.

"몽둥이를 내려놔." 페로가 말했다.

프랑수아는 페로의 지시를 따랐다. 그러자 벅이 의기양양한 웃음을 흘리며 다가오더니 개들의 선두에 당당하게 자리를 잡았다. 벅에게 썰매 줄이 묶이고 썰매가 출발했으며 두 사내는 비로소 썰매와 함께 강을 향하여 힘차게 전진할 수 있었다.

벅을 스피츠보다 두 배는 더 악마 같은 놈이라고 미리 평가했던 썰매 몰이꾼 프랑수아는 길을 나선 지 얼마 되지 않아 자신이 벅을 과소평가했음을 깨달았다. 벅은 즉시 대장으로서의 임무를 완벽하게 수행해 냈다. 프랑수아는 그 어떤 판단이 요구되거나 빠른 생각과 행동이 요구될 때 스피츠만큼의 능력을 가진 개는 없다고 이제까지 생각해 왔는데 벅은 스피츠 이상으로 그 모든 것을 해냈다.

하지만 벅은 그 정도에서 그치지 않았다. 벅은 규율을 만들고 동료들이 그 규율을 지키게 하는 데 있어서 탁월한 능력을 보여주었다. 데이브나 솔렉스는 누가 대장이 되었건 별로 상관하지 않았다. 둘은 그 문제에 관한 한 아무 관심이 없었다. 그들의 관심사는 썰매 줄을 매달고 열심히 달리는 일뿐이었다. 그들은 썰매를 끄는 일에 방해만 되지 않는다면 무슨 일이 일어나도 관심 밖이었다. 질서만 제대로 유지된다면 착한 빌리가 대장이 되더라도 문제될 것이 없었다. 하지만 스피츠가 죽기 얼마 전부터 제멋대로이던 나머지 팀원들은 벅이 그들을 제 구실을 할 수 있게 통제하려 하자 놀랄 수밖에 없었다.

벅 바로 뒤에서 썰매를 끌고 있는 파이크는 자기에게 부과된 힘 이상은 절대로 내지 않는 약삭빠른 녀석이었다. 벅은 그렇게 빈둥거리는 그에게 벌써 수차례 반복해서 경고를 보냈다. 그 덕분에 녀석은 첫날부터 생전 처음으로 열심히 썰매를 끌지 않으면 안 되었다. 첫날 캠프에서 밤을 보낼 때, 그토록 심술궂은 조도 단단히 혼이 났다. 스피츠조차 감히 엄두를 내지 못하던 일이었다. 벅은 묵직한 몸무게로 조를 내리누르면서 그를 숨 막히게 만들었다. 벅은 조가 맞서기를 그치고 봐달라는 듯 낑낑거릴 때까지 계속 그를 괴롭혔다.

이제 팀은 완전히 질서를 되찾았다. 전처럼 일사불란해졌으며 팀 전체가 마치 한 마리의 개처럼 썰매를 끌었다. 링크 여울에서 틱과 쿠나라는 순종 에스키모개 두 마리가 합류했다. 프랑수아는 벅이 그들을 순식간에 길들이는 모습을 보고 혀를 내둘렀다.

그가 감탄하며 말했다.

"정말이지 벅 같은 놈은 없어. 정말이야! 저런 놈은 1,000달러도 더 나갈 거야. 그렇지 않아요, 페로?"

페로는 고개를 끄덕였다. 그는 이미 기록을 달성했으며 매일매일 기록을 줄여나가고 있었다. 눈이 단단하게 다져져 있어 길은 최상의 상태였으며 새롭게 눈도 내리지 않아 눈보라와 싸울 필요도 없었다. 날씨도 별로 춥지 않았다. 영하 50도로 떨어진 기온은 여행 내내 그대로였다. 두 사나이는 교대로 썰매에 오르거나 달렸고 개들도 가끔 멈춰 설 때를 제외하고는 쉬지 않고 달렸다.

서티마일강은 전보다 더 두꺼운 얼음으로 덮여 있었다. 덕분에 올 때는 열흘이나 걸렸던 길을 하루 만에 주파해낼 수 있었다. 이어서 그들은 르베르지 호수 끝으로부터 화이트호스 여울까지 100킬로미터 가까운 거리를 단숨에 내달렸다. 마시 호수, 타기시 호수, 베닛 호수(거리가 110킬로미터에 달하는)를 가로지를 때는 속도가 너무 빨라서 썰매 몰이꾼 차례가 된 사람은 썰매 뒤에 밧줄을 단단히 묶고 따라가야 했다. 길을 나선 지 두 주가 지났을 무렵 일행은 화이트 패스 산길 정상에 올라 스캐그웨이(미국 알래스카 북쪽의 도시 - 옮긴이 주)와 배들의 불빛을 바라보며 바다로 향해 뻗은 비탈길을 달려 내려갔다.

기록적인 질주였다. 열나흘 동안 하루 평균 60킬로미터 이상을 달린 셈이었다. 페로와 프랑수아는 스캐그웨이 중심가를 당당히 활보했다. 그들은 여기저기서 술자리 초대를 받아 술에 빠져들었다. 그 사이 개들은 끊임없이 개 사육꾼, 혹은 개 썰매꾼들의 관심을 한 몸에 받았다. 어느 날 프랑수아가 벅을 부르더니 벅을 끌어안고 눈물을 흘렸다. 그것이 벅이 본 프랑수아와 페로의 마지막 모습이었다. 다른 사람들과 마찬가지로 그들도 벅의 삶에서 영원히 사라져버린 것이다.

벅과 동료들은 어느 혼혈 스코틀랜드인의 손에 넘어갔다. 그리고 열둘이나 되는 다른 팀들과 함께 도슨으로 향하는 지루한 여행길에 올랐다. 짐도 가볍지 않았으며 기록을 내기 위해 달리는 것도 아니었다. 매일 무거운 짐을 연달아 날라야 했다. 북극의 어둠 속에서 금광을 찾는 사람들에게 세상 소식을 알려주는 우편배달의 임무를 맡고 있는 일행이었던 것이다.

벅은 그 일이 별로 즐겁지 않았지만 데이브와 솔렉스처럼 그 일에 자부심을 느끼며 참고 견뎠다. 다른 동료들도 그들처럼 자부심을 느끼고 있는지 아닌지는 알 수 없었지만 나름대로 맡은 일을 성실히 수행했다. 기계처럼 정해진 대로 움직이는 단조로운 생활이었으며 매일매일 똑같은 일의 연속이었다. 매일 아침 정해진 시각에 요리사들이 자리에서 일어나 불을 피웠고 아침을 들었다. 식사 후 몇몇 사람은 텐트를 걷고 몇몇 사람은 개들에게 가슴 줄을 채웠으며 아직 어둑어둑할 때에 길을 떠났다. 그리고 밤이 되면 다시 야영했다. 몇몇 사람은 텐트를 세우고 몇몇 사람은 땔감으로 쓸 장작을 패거나 잠자리로 쓸 소나무 가지를 꺾었다. 나머지 사람들은 물을 길어오거나 요리에 쓸 얼음을 가져왔다. 그사이 개들에게 먹이가 주어졌다. 하루 중 개들이 가장 좋아하는 때였다. 물론 개들은 생선을 먹은 후 100여 마리 이상이나 되는 다른 개들과 어울리는 것도 좋아했다. 개들 중에는 사나운 놈들도 있었다. 하지만 벅이 가장 사나운 놈들과 서너 차례 싸워서 놈들을 제압한 뒤로, 벅이 털을 곤두세우고 이빨을 드러내기 무섭게 놈들은 벅에게 순순히 길을 내주었다.

하지만 벅이 제일 좋아하는 것은 무엇보다 일과를 끝내고 모닥불 가까이 엎드려 있는 것이었다. 그는 뒷발을 웅크린 채 앞발을 쭉 뻗고 고개를 들어 눈을 껌뻑이며 몽롱한 눈길로 불꽃을 바라보곤 했다. 이따금 그는 햇살이 따사로운 산타클라라 계곡의 밀러 판사의 대저택에 대해 생각하곤 했다. 그는 시멘트 수조, 멕시코산 털 없는 개 이사벨, 일본산 퍼그종인 투츠를 떠올렸다. 하지만 그는 그보다는 붉은 스웨터의 사내, 컬리의 죽음, 스피츠와의 격렬한 싸움, 지금까지 먹었거나 앞으로 먹게 될 맛있는 음식을 생각할 때가 더 많았다. 그는 고향을 그리워하지 않았다. 햇빛이 비치는 따사로운 땅은 이제 희미하게 멀어졌으며 그곳에 대한 기억은 벅에게 전혀 힘을 발휘하지 못했다. 그보다는 유전의 기억이 더욱 강력했으며 그로 인해 그가 이제까지 한 번도 보지 못했던 것들이 더 친숙하게 여겨졌다. 그의 본능들, 그의 조상들에게 습관이 되었던 것들에 대한 기억에 다름 아닌 그 본능들이 그에게서 최근 다시 살아나서 꿈틀거리기 시작한 것이다.

벅이 그렇게 몽롱한 시선으로 불꽃을 바라보며 웅크리고 앉아 있노라면 이따금 그 모닥불이 이곳이 아닌 다른 곳에 피워져 있는 모닥불처럼 여겨지기도 했고, 자기 눈앞에 있는 혼혈인 요리사와는 전혀 다른 사람의 모습이 떠오르는 것 같기도 했다. 그 사람은 다리가 짧았으며 팔은 길었고 팔과 다리에는 힘줄이 불거지고 근육이 울퉁불퉁했으며, 몸 전체 모양은 둥글둥글했다. 그의 기나긴 머리카락은 아무렇게나 헝클어져 있었고 이마는 눈 쪽으로 내려갈수록 앞으로 툭 튀어나와 있었다. 그는 가끔 이상한 소리를 냈으며 어둠이 두려운 듯 앞을 응시하고 있었다. 무릎과 발 중간쯤까지 내려온 그의 손에는 묵직한 돌이 끝에 매달린 긴 막대기가 쥐어져 있었다. 거의 벌거숭이인 그는 불에 그슬려 거의 다 해진 짐승 가죽을 등에 걸치고 있었고 몸에는 털이 덮여 있었는데, 특히 가슴과 어깨, 팔과 넓적다리 바깥쪽에는 짐승 털가죽처럼 뻣뻣한 털이 자라고 있었다. 그는 똑바로 선 자세가 아니라 엉덩이를 뒤로 뺀 채 무릎을 살짝 구부리고 서 있었다. 그의 몸은 탄력이 넘치고 있었다. 고양이를 연상시키는 탄력이었다. 그리고 보이는 것은 물론 보이지 않는 것까지 언제나 두려워하는 가운데 살고 있는 동물의 민첩함을 지니고 있었다.

또 어떤 때는 그 털북숭이 사람은 모닥불 곁에서 무릎 사이에 얼굴을 묻고 잠을 자기도 했다. 그럴 때면 그는 무릎 위에 팔꿈치를 세우고 마치 털이 수북한 팔로 하늘에서 내리는 비를 막으려는 듯 머리 위로 깍지를 꼈다. 그리고 저 불빛 너머 어둠이 감싸고 있는 곳에서 벅은 둘씩 짝을 지어 이글거리는 불길을 볼 수 있었다. 벅은 그 불길이 먹잇감을 노리는 거대한 야수의 눈길임을 알 수 있었다. 벅의 귀에는 그들이 덤불 사이로 지나가는 소리, 그들이 어둠 속에서 내는 소리가 들려왔다. 벅은 그렇게 유콘강 기슭에서 깜빡깜빡 졸린 눈으로 모닥불을 바라보며 꿈속을 헤매면서 저 다른 세계에서 들리는 미지의 소리, 낯선 광경에 놀라 털을 부스스 일으키고 어깨와 목덜미의 갈기를 곤두세우곤 했다. 그러다가 자기도 모르게 낮은 소리로 숨을 죽여 으르렁거렸으며 그러면 혼혈인 요리사가 "야, 벅, 이제 일어나!"라고 갑자기 소리를 지르곤 했다. 그러면 저 다른 세상은 눈앞에서 사라지고 현실이 그의 눈에 들어왔다. 벅은 마치 깊은 잠에라도 빠졌던 듯 몸을 일으키며 하품을 하고 기지개를 켰다.

우편물을 뒤에 싣고 가는 힘겨운 여정이었기에 고된 노동에 개들은 지쳐갔다. 그들이 도슨에 도착했을 때 개들의 체중도 줄었고 건강이 너무 악화되어 있었다. 열흘, 혹은 최소한 일주일의 휴식이 필요했다. 하지만 개들은 이틀 만에 바깥세상에 전할 편지를 싣고 유콘강을 따라 다시 길을 나서야 했다. 개들은 지쳐 있었고 썰매 몰이꾼들은 투덜거렸다. 게다가 설상가상으로 매일 눈이 내렸다. 길이 폭신폭신해져서 썰매 날의 마찰이 심해졌고 개들은 더 힘겹게 썰매를 끌어야만 했다. 다행히 몰이꾼들은 공정했고 개들을 위해서 최선을 다했다. 매일 밤 사람들은 그 무엇보다 우선 개들에게 신경을 썼다. 개들은 몰이꾼들보다 먼저 식사를 했으며 몰이꾼들은 개들의 발 상태를 유심히 살펴본 뒤에야 잠자리에 들었다. 그렇지만 개들의 힘이 점점 더 떨어지는 것은 어쩔 수 없었다. 겨울이 시작된 이래 개들은 지금까지 3,000킬로미터나 되는 길을 썰매를 끌면서 힘들게 달렸다. 3,000킬로미터라면 제아무리 강인한 동물이라도 문제가 생기지 않을 리 없었다. 벅은 그 힘든 일을 견뎌냈고 동료들이 일을 하도록 독려했으며 규율을 지키도록 힘썼지만 그 자신도 지치는 것을 어쩔 수 없었다. 빌리는 매일 밤 울고 낑낑거리며 잠이 들었고 조는 그 어느 때보다 심술을 많이 부렸다. 솔렉스조차도 눈이 보이는 쪽이건 보이지 않는 쪽이건 그 누구의 접근도 허용하지 않았다.

하지만 그 누구보다 고통을 겪고 있는 것은 데이브였다. 녀석에게 분명 무슨 탈이 난 게 틀림없었다. 전보다 더 우울해졌고 화를 자주 냈다. 캠프에 도착해 잠자리를 마련하면 몰이꾼이 그에게 먹이를 갖다주어야 했다. 데이브는 가슴 줄을 풀고 자리에 누우면 다음 날 다시 가슴 줄을 묶을 때까지 절대로 자리에서 일어나지 않았다. 또한 길을 가다가 썰매가 갑자기 멈추거나 다시 출발하려고 힘을 써야 할 때면 그는 고통을 이기지 못하고 비명을 지르곤 했다. 몰이꾼이 녀석을 유심히 살펴보았지만 별다른 이상은 발견할 수 없었다. 몰이꾼들 모두가 데이브의 상태에 대해 관심을 보였다. 그들은 식사를 하면서도, 잠자리에 들기 전에 마지막 담배에 불을 붙이면서도 데이브에 대한 이야기만 했다. 어느 날 밤 그들은 데이브를 모닥불 옆으로 데려와서 그의 몸을 유심히 살펴보았다. 그들은 데이브의 몸을 누르고 찔러보았고 그때마다 데이브는 비명을 질렀다. 뭔가 잘못된 것이 분명했지만 뼈가 부러진 것도 아니었으며 그 어떤 이상도 발견할 수 없었다.

캐시어바에 도착했을 때 데이브는 너무 허약해져서 썰매 줄에 묶인 채 자꾸 앞으로 넘어졌다. 스코틀랜드 혼혈인은 일행을 정지시킨 후 일행에서 데이브를 빼내고 그 뒤에 있던 솔렉스를 썰매 바로 앞자리에 세웠다. 데이브가 천천히 썰매를 뒤따라오게 해서 원기를 회복시켜주겠다는 심산이었다. 하지만 데이브는 그토록 고통스러우면서도 자신이 팀에서 제외된다는 것을 알게 되자 화를 내기 시작했다. 데이브는 썰매 줄이 풀리는 바로 그 순간부터, 자신이 그토록 오랫동안 도맡아 해오던 일을 솔렉스가 대신하는 것을 보고는 끙끙거리고 으르렁거렸다. 썰매 개로서의 자부심에, 죽을 만큼 고통스러우면서도 다른 개가 자신의 일을 대신하는 것을 참을 수 없었던 것이다.

썰매가 출발하자 데이브는 다져 놓은 길을 따라오는 것이 아니라 발이 푹푹 빠지는 눈길을 허우적거리고 따라오면서 이빨로 솔렉스를 공격했으며 그를 반대쪽 눈밭으로 몰아내려고 몸을 계속 부딪쳤고 썰매 줄 안으로 끼어들어 썰매와 솔렉스 사이에 서 있으려 했다. 그러는 내내, 데이브는 슬픔과 고통으로 낑낑거리며 울었다. 스코틀랜드 혼혈인은 채찍으로 데이브를 몰아내려 했다. 하지만 데이브가 날카로운 채찍질에도 아랑곳하지 않자 그는 더 이상 모질게 데이브를 때릴 수 없었다. 조용히 썰매 뒤에서 따라오면 편하겠건만 데이브는 그 길을 마다했다. 데이브는 썰매와 나란히 달리면서 발이 푹푹 빠지는 힘든 걸음걸이에 기진맥진해 버렸다. 결국 데이브는 쓰러졌다. 그는 긴 썰매 행렬이 지나가는 동안 그 자리에 꼼짝도 못 하고 누운 채 길게 울부짖었다.

다시 남은 힘을 다해 몸을 일으킨 데이브는 비틀거리며 썰매 행렬을 뒤따라갔다. 썰매 행렬이 멈춰 섰고 데이브는 자기 팀을 따라잡고 솔렉스 바로 옆에 섰다. 썰매 몰이꾼이 뒤에 있는 사람에게 담뱃불을 빌리려고 잠시 멈춘 것이었다. 그는 다시 제자리로 돌아가 개들을 출발시켰다. 개들은 이상하게 몸이 가벼워진 것을 느끼고 고개를 뒤로 돌렸다. 그리고 모두 깜짝 놀랐다. 썰매 몰이꾼도 깜짝 놀랐다. 썰매가 제자리에 선 채 움직이지 않고 있었던 것이다. 그는 동료들을 불러 그 광경을 구경 시켰다. 데이브가 솔렉스의 양쪽 썰매 줄을 이빨로 물어 끊어 버린 뒤, 썰매 바로 뒤, 오랫동안 자기 자리였던 그 자리에 꼼짝 않고 서 있었던 것이다.

데이브는 그곳에 서 있게 해달라고 눈으로 간청하고 있었다. 썰매 몰이꾼은 당황했다. 그의 동료들이 썰매 개들은 자신이 일을 하지 못하게 되면 가슴이 찢어지는 아픔을 겪는 법이라고 그에게 말해주었다. 그리고 그들은 너무 늙었거나 부상을 입어 썰매를 끌지 못하게 된 개들이 팀에서 제외되자마자 죽어버린 경험에 대해 이야기해주었다. 그들은 데이브도 곧 죽을 몸이니 마지막까지 썰매를 끌다가 마음 편하게 죽게 해주는 것이 자비 를 베푸는 일일 것이라고 말해주었다. 몰이꾼은 다시 데이브에 게 가슴 줄을 매주고 예전처럼 자랑스럽게 썰매를 끌게 했다. 다시 썰매를 끌게 된 데이브는 쓰라린 고통 때문에 자신도 모 르게 여러 번 비명을 질러댔다. 그는 길을 가다가 여러 번 쓰러 져 썰매 줄에 질질 끌려가기도 했으며 썰매가 몸을 덮치는 바 람에 한쪽 다리를 절룩거리기도 했다.

하지만 데이브는 일행이 캠프에 도착할 때까지 꿋꿋하게 버 텼고 몰이꾼은 불가에 그의 자리를 마련해주었다. 아침이 되자 데이브에게는 더 이상 길을 떠날 힘이 남아 있지 않았다. 개들이 가슴 줄을 차는 순간 데이브는 기어서라도 몰이꾼에게 가려 했다. 그는 혼신의 힘을 다해서 일어나서 비틀거리고 걸었지만 곧바로 다시 쓰러졌다. 데이브는 다시 꿈틀거리며 일어나 동료들이 썰매 줄을 매고 있는 곳으로 꿈틀꿈틀 기어갔다. 그는 앞발을 내밀어 몸을 위로 끌어올리려 했다. 그 덕분에 몸이 조금 앞으로 나아갔다. 하지만 결국 그의 힘이 완전히 소진되고 말았다. 동료들은 그가 눈 위에 쓰러져 숨을 헐떡이면서도 그들을 향해 다가오려고 애쓰는 모습을 바라보았다. 그것이 그의 마지막 모습이었다. 하지만 그들이 숲 너머로 사라질 때까지 데이브의 슬픈 울음소리는 계속 들려왔다.

행렬이 멈추었다. 스코틀랜드 혼혈인은 천천히 그들이 떠나온 캠프로 되돌아갔다. 사람들이 입을 다물었다. 총소리가 한 방 울렸다. 몰이꾼은 서둘러 돌아왔다. 다시 채찍이 날리고 방울이 경쾌하게 딸랑거렸다. 썰매는 다시 눈보라를 일으키며 달리기 시작했다. 하지만 벅을 비롯해서 모든 개들은 저 강가 숲 너머에서 무슨 일이 벌어졌는지 훤히 다 알고 있었다.

제5장 고된 썰매 끌기

그들이 도슨을 떠난 지 30일이 되었을 때 벅과 그 동료들이 선두에서 이끄는 솔트워터 우편 썰매 일행은 스캐그웨이에 도착했다. 개들은 모두 기진맥진해 있었고 몰골이 말이 아니었다. 63킬로그램이던 벅의 몸무게는 52킬로그램까지 줄어 있었다. 다른 개들은 벅에 비해 몸무게가 덜 나갔지만 상대적으로 체중은 더 줄어 있었다. 평생 요령만 부려오던 꾀쟁이 파이크는 평소에 다리가 아픈 척 엄살을 자주 부리곤 했지만 이제는 실제로 다리를 절었다. 솔렉스도 다리를 절었고 더브도 어깨뼈를 다쳐 고통스러워했다.

그들의 발은 온통 상처투성이였다. 전처럼 탄력 있게 튀어오르는 일은 불가능했다. 무거운 발걸음을 내딛다보니 온몸의

무게가 발에 모두 전해져 피로가 배가될 수밖에 없었다. 그들이 죽을 정도로 피로하다는 것, 바로 그것이 문제였다. 짧은 기간의 과도한 노동 때문에 기력이 떨어진 것이라면 몇 시간만 휴식을 취하면 될 일이었다. 하지만 그들의 피로는 수개월 동안의 중노동이 축적되어 빚어진 결과였다. 더 이상 회복해낼 여력도 없었고 끌어낼 기운도 없었다. 기운이란 기운은 모조리 다 써버린 것이었다. 모든 근육이, 모든 섬유 조직과 세포가 죽다시피 할 정도로 기력이 소진되어 있었다. 그럴 만도 했다. 개들은 5개월 동안에 4,000킬로미터를 달렸으며 마지막 3,000킬로미터를 달리는 동안에는 겨우 닷새밖에 휴식을 취하지 못했다. 그들이 스캐그웨이에 도착했을 때 그들은 모두 고꾸라지기 일보 직전이었다. 간신히 썰매 줄을 팽팽하게 당길 정도 힘이 남아 있을 뿐이었으며 내리막길에서는 썰매가 미끄러져 내려가는 것을 막아낼 정도의 힘밖에는 없었다.

"자, 이 불쌍한 녀석들, 힘을 내자." 개들이 비틀거리며 스캐그웨이 중심가를 걸어갈 때 몰이꾼들이 개들을 독려했다. "자, 이제 다 왔다. 조금만 더 가면 푹 쉴 수 있어! 정말이야. 실컷 쉴 수 있다니까!"

몰이꾼들은 정말로 오랫동안 쉴 수 있으리라고 생각했다. 자신들도 2,000킬로미터를 달려오는 동안 이틀밖에 휴식을 취하지 못했으니 며칠간은 편하게 푹 쉬는 게 당연하다고 생각했다. 하지만 클론다이크로 너무나 많은 인파들이 몰려들었고, 그들과 함께 클론다이크로 오지 못해 그들의 소식을 기다리는 애인들, 부인들, 친척들이 너무 많았다. 따라서 우편물이 산처럼 쌓여 있었으며 게다가 정부의 공식문서까지 있었다. 성성한 허드슨만 출신의 개들이 기운이 다 빠져 더 이상 우편 썰매를 끌 수 없게 된 개들과 교체되었다. 지친 개들은 곧 처분할 수밖에 없었고, 개보다는 돈이 더 중한 법이었기에 그 개들은 팔리게끔 되어 있었다.

사흘이 지났다. 그사이 벅과 동료들은 자신들이 정말로 얼마나 지치고 약해졌는지를 확인할 수 있었다. 그런데 나흘째 되는 날 미국에서 온 두 명의 사내가 오더니 개들과 장비들을 헐값에 사들였다. 두 사내는 서로 상대방을 할과 찰스라고 불렀다. 찰스는 피부가 흰 중년의 사내로서 시력이 좋지 않은 눈에는 물기가 고여 있었으며 콧수염은 힘차게 위쪽으로 꼬여 있었지만 그 콧수염 아래 감추어진 입술은 힘없이 밑으로 축 처져 있었다. 할은 열아홉이나 스무 살쯤 된 젊은이였다. 그는 탄창이 꽉 들어찬 허리띠를 매고 있었으며 큰 콜트권총과 사냥칼을 차고 있었다. 그에게서는 온통 허리띠만 두드러져 보이는 것 같았으며 그것은 마치 자신이 미숙한 풋내기에 불과하다는 것을 광고하고 다니는 것과 같았다. 그들은 도저히 이곳에 어울리지 않는 사람들 같았으니, 그런 사람들이 어떻게 해서 이곳 북극 지방까지 오게 되었는지 도무지 납득하기 어려울 정도였다.

벅은 흥정하는 소리를 들었고 사내와 정부 관리 사이에서 돈이 오가는 모습을 보았다. 그는 스코틀랜드 혼혈인과 우편 썰매 몰이꾼들이 이전에 페로와 프랑수아, 기타 그의 곁을 스쳐 지나갔던 사람들이 그랬듯이 이제 벅의 삶에서 영원히 사라지게 되었음을 알았다. 벅은 동료들과 함께 새로운 주인의 캠프로 갔다. 그런데 캠프 꼴이 가관이었다. 텐트는 걷다 말았으며 그릇들은 설거지도 하지 않았고, 모든 것이 엉망진창이었다. 그곳에는 머세이디스라는 이름의 여자도 한 명 있었다. 그녀는 찰스의 아내이자 할의 누나였다. 정말 기막힌 가족 일행이었다.

벅은 세 사람이 텐트를 걷고 썰매에 짐을 싣는 광경을 걱정스럽게 바라보았다. 모두 엄청 애를 쓰고 있었지만 도무지 효율이라고는 없었다. 텐트는 아무렇게나 둘둘 말았기에 제대로 말았을 때보다 부피가 세 배는 되었다. 양철 그릇들은 제대로 씻지도 않은 채 마구 썰매 위에 던져 놓았다. 머세이디스는 사내들 앞을 왔다 갔다 하면서 쉴 새 없이 종알거리고 참견을 했다. 남자들이 옷 꾸러미를 썰매 앞에 놓자 그녀는 뒤에 놓으라고 했다. 남자들이 옷 꾸러미를 뒤쪽에 놓고 그 위에 짐을 올리자 그녀가 그 옷 꾸러미에 넣어야 할 물건을 미처 넣지 못했다고 말하는 바람에 다시 옷 꾸러미를 내려야 했다.

옆 텐트에서 온 세 명의 남자가 그 모습을 보고 히죽 웃으며 서로 눈을 찡긋했다.

"정말 짐이 엄청나군요." 그들 중 한 명이 말했다. "내가 참견할 일은 아니지만 나라면 저 텐트는 두고 가겠소."

"무슨 소리를 하세요!" 머세이디스가 당황한 듯 우아하게 손을 흔들며 말했다. "텐트 없이 어떻게 지내라고요?"

"봄이 되었으니 이제 춥지 않을 겁니다." 사내가 대답했다.

머세이디스는 단호하게 고개를 가로저었고 찰스와 할은 마지막 잡동사니들을 산 같은 짐들 위에 올려놓았다.

"이러고도 제대로 썰매가 갈 것 같소?" 세 사내 중 한 명이 물었다.

"왜 못 간다는 거요." 찰스가 짧게 대답했다.

"아, 네, 됐습니다, 됐어요." 사내가 서둘러 부드럽게 말했다. "그냥 궁금해서 물어본 것뿐이오. 좀 무거워 보여서……."

찰스는 등을 돌리고 밧줄을 한껏 잡아당겼다. 하지만 형편없는 솜씨에 제대로 될 리 없었다.

"어휴, 개들이 저런 이상한 짐들을 제대로 끌고 갈 수 있을까?" 사내 중 한 명이 중얼거렸다. 그러자 그 소리를 들은 할이 "물론이지요"라고 공손하면서도 냉정하게 대답한 후 한 손으로 썰매 끌채를 잡고 다른 손으로 채찍을 휘두르며 소리쳤다.

"자, 이제 가자!"

개들은 가슴 줄을 당기며 앞으로 끌고 가려고 애를 썼다. 하지만 얼마 동안 힘을 쓰다가 포기했다. 썰매를 움직일 수 없었던 것이다.

"이런 망할 놈들! 본때를 보여주지!" 할이 소리를 지르며 개들을 채찍으로 후려치려고 했다. 그러자 머세이디스가 끼어들더니 "할, 그러면 안 돼!"라고 외치며 할의 손에서 채찍을 빼앗았다. "불쌍한 개들이잖아. 여행 중에 개들에게 모질게 굴지 않겠다고 약속해! 안 그러면 난 여기서 한 발자국도 꼼짝하지 않을 거야."

"누나가 개에 대해서 뭘 안다고!" 남동생이 비웃으며 말했다. "제발 참견 좀 하지 마! 이놈들은 지금 게으름을 피우고 있는 거야. 이놈들을 움직이려면 채찍이 필요해. 다 그렇게 하는 거야. 어디, 저 사람들에게 물어봐.”

머세이디스가 애원하듯 그들을 쳐다보았다. 그녀의 예쁜 얼굴에 강한 반감이 담겨 있었다. 그 모습을 보고 사내들 중 한 명이 말했다.

“알고 싶다면 말해주지. 저놈들은 지금 물먹은 솜처럼 지쳐 있어요. 완전히 기진맥진해 있다는 게 문제라 이거야. 저놈들은 좀 쉬어야 해.”

“쉬다니! 엿이나 먹으라지!”

할이 수염 없는 매끈한 입으로 말하자 머세이디스는 “아!” 하고 슬픈 탄식을 내뱉었다. 하지만 무엇보다 혈연을 중시하는 그녀는 곧 동생의 편을 들었다. 그녀는 날카로운 목소리로 말했다.

“저 사람 말은 신경 쓰지 마. 개들을 모는 건 너잖아. 네가 좋은 대로 하면 돼!”

할의 채찍이 다시 개들 몸 위로 떨어졌다. 개들은 가슴 줄에 몸무게를 싣고 다져진 눈 속에 발을 박은 채 몸을 낮추고 온 힘을 다해 썰매를 앞으로 잡아당겼다. 하지만 썰매는 요지부동이었다. 두세 번 힘을 쓰고 나서 개들은 숨을 헐떡이며 동작을 멈추었다. 다시 채찍이 사정없이 날아들었다. 그러자 머세이디스가 다시 끼어들었다. 그녀는 벅 앞에 무릎을 꿇고 벅의 목을 끌어안았다. 그녀의 눈에 눈물이 고여 있었다.

"어머, 불쌍해라!" 그녀가 동정 어린 목소리로 외쳤다. "왜 좀 더 세게 끌지 않는 거니? 그래야 채찍을 안 맞을 것 아니니!"

벅은 그녀가 싫었다. 하지만 너무나 비참한 기분에 그녀에게 저항할 생각조차 들지 않았다. 벅은 모든 것을 그냥 겪어야만 하는 일로 받아들였다.

쓴소리를 하지 않으려고 입을 꾹 다물고 있던 구경꾼들 중의 한 명이 참지 못하고 말했다.

"댁들이 어떻게 되건 내 알 바 아니지만 개들이 딱해서 한마디 해야겠소. 먼저 썰매를 빼내기 전에는 꼼짝도 안 할 거요. 썰매 날이 바닥에 단단히 얼어붙어 있으니……. 썰매채를 좌우로 흔들어서 썰매 날을 빼내도록 하시오."

할은 그 사람의 조언대로 눈에 얼어붙어 있던 썰매 날을 빼냈다. 짐을 과도하게 실은 거대한 썰매가 천천히 앞으로 움직이기 시작했다. 벅과 동료들은 할의 채찍 세례를 받으며 죽을 힘을 다해 썰매를 끌었다. 썰매가 약 100미터가량 전진하자 모퉁이가 나타났고 큰길로 이어지는 내리막길이 시작되고 있었다. 짐을 잔뜩 실은 무거운 썰매를 똑바로 몰기 위해서는 숙달된 기술이 필요했다. 하지만 할은 초짜 중의 초짜였다. 썰매가 모퉁이를 돌면서 기우뚱하더니 넘어졌고 허술하게 묶은 짐의 반 이상이 쏟아져버렸다. 개들은 멈추지 않았다. 가벼워진 썰매가 옆으로 누운 채 통통 튀면서 끌려갔다. 개들은 형편없는 대우를 받은 데다 무거운 짐 때문에 화가 나 있었다. 벅도 분노해 있었다. 그는 그대로 질주했고 개들은 대장을 따랐다. 할이 "워, 워!"라고 소리쳤지만 개들은 그 말을 무시했다. 할은 발을 헛디디더니 그대로 넘어졌다. 뒤집힌 썰매가 그의 몸 위로 지나갔다. 개들은 거리를 계속 질주하면서 남아 있던 짐들을 스캐그웨이 중심가에 흩뜨려 놓았다. 정말 불만한 광경이었다.

마음씨 좋은 시민들이 나서서 개들을 붙잡고 흩어진 짐을 챙겨주었다. 게다가 그들은 충고를 아끼지 않았다. 그들은 도슨까지 무사히 가려면 짐을 절반으로 줄이고 개들은 두 배로 늘여야 한다고 말해주었다. 할과 그의 누이, 그의 매형은 마지못해 그들의 말을 따랐다. 그들은 다시 텐트를 치고 싣고 갈 짐을 찬찬히 점검했다. 짐에서 통조림들이 나오자 사람들은 웃었다. 이런 장거리 여행에서 통조림을 가지고 간다는 것은 꿈도 꾸지 못할 일이었다.

그들이 짐 꾸리는 것을 도와주던 한 남자가 말했다.

"이건, 완전히 호텔용 담요로군. 이 짐의 절반도 많아요. 다 버리고 가요. 이 텐트도 두고 가고 접시들도 버려요. 아니, 누가 그 걸 씻는단 말이오? 무슨 침대차라도 타고 여행가는 것 같군."

할 일행은 사람들 조언대로 냉정하게 불필요한 것들을 정리 했다. 머세이디스는 옷 가방을 비롯해 물건들이 하나씩 하나씩 땅바닥에 던져질 때마다 울음을 터뜨렸다. 그녀는 내내 징징거 렸으며 물건들이 땅에 내동댕이쳐질 때마다 울음소리가 커졌 다. 그녀는 무릎을 두 손으로 끌어안은 채 상심해서 몸을 앞뒤 로 흔들었다. 그녀는 사람들에게, 또한 물건들 하나하나에 호소 했지만 결국 눈물을 머금고 자신이 절대적인 필수품이라고 생 각했던 옷가지들까지 던져버릴 수밖에 없었다. 자신의 물건을 다 버리고나자 그녀는 갑자기 열을 내며 남편과 동생의 물건들 에 달려들어 다 헤집어 놓고 던져버렸다.

그렇게 요란법석을 떨며 짐을 반으로 줄였지만 아직 엄청난 부피였다. 저녁이 되자 찰스와 할은 외출해서 여섯 마리의 외 래종 개들을 사 왔다. 이제 원래 팀에 속했던 여섯 마리, 주파 신기록을 세울 때 링크 여울에서 합류한 티크와 쿠나를 포함해 개들은 모두 열네 마리가 되었다. 하지만 외래종 개 여섯 마리 는 비록 그곳에 오자마자 훈련을 받긴 했지만 제 몫을 할 수 있 는 개들이 아니었다. 세 마리는 짧은 털의 포인터였고 한 마리는 뉴펀들랜드종, 다른 두 마리는 이런저런 피가 뒤섞인 잡종이었다. 이 신참들은 썰매에 대해서는 아무것도 모르는 눈치였다. 벅과 동료들은 경멸의 눈빛으로 이 신참들을 바라보았다. 벅이 그들에게 그들이 있어야 할 자리, 해서는 안 될 일들을 곧바로 가르쳤지만 무엇을 해야 할지는 가르칠 수 없었다. 그들은 썰매를 끄는 일에 흔쾌히 나서려 하지 않았다. 잡종 두 마리를 제외한 나머지 네 마리 개들은 갑자기 처하게 된 낯설고 야만적인 환경과 그들이 받은 푸대접 때문에 당황했고 기가 완전히 꺾여 있었다. 나머지 두 마리의 잡종 개들에게는 그나마 꺾일 기 같은 것조차 없었다. 그들에게 꺾일 것이 있었다면 그것은 바로 그들의 뼈뿐이었다.

신참들은 구제 불능일 정도로 무능한 데다 의지조차 없었고, 기존 팀원들은 4,000킬로미터나 달려온 탓에 기진맥진해 있었으니 앞날이 훤했다. 하지만 두 사내는 활기가 넘쳤다. 게다가 거들먹거리기까지 했다. 열네 마리의 개를 거느리고 있으니 폼이 났던 것이다. 그들은 도슨을 향해 떠나거나 도슨에서 돌아오는 수많은 썰매들을 보았다. 하지만 열네 마리나 되는 개가 끄는 썰매는 없었다.

북극 여행의 특성상 열네 마리의 개가 썰매 한 대를 끌면 안 되는 이유가 분명히 있었다. 썰매 한 대로는 열네 마리의 식량을 절대로 나를 수 없기 때문이었다. 하지만 찰스와 할은 그 사실을 알지 못했다. 그들은 개 한 마리당 하루에 얼마의 먹이가 필요하고 거기에 개의 숫자와 날짜를 곱해서 연필로 계산을 했으며 머세이디스는 남자들 어깨너머로 들여다보며 다 이해했다는 듯 고개를 끄덕거렸다. 정말로 어리석을 정도로 단순한 방법이었다.

다음 날 늦은 아침 벅은 팀을 끌고 거리로 나섰다. 그들에게서 활기란 찾아볼 수 없었으며 벅을 비롯해 동료 모두 기운이라고는 없었다. 그들은 죽도록 피곤한 채 출발했다. 그들은 이미 솔트워터와 도슨 사이를 네 번이나 오갔으며 이렇게 지치고 쇠약해진 채 다시 한번 그 길을 가야 한다는 것을 알고 있었으니 화가 치밀어 오르지 않을 수 없었다. 벅뿐 아니라 다른 개들 모두 일할 마음이 아니었다. 외래종들은 겁에 질려 있었고 기존 개들은 주인을 신뢰하지 않았다.

벅은 이 두 명의 사내와 여자를 믿어서는 안 된다고 어렴풋이 느끼고 있었다. 그들이 할 줄 아는 것은 아무것도 없었으며 며칠을 함께 지내다 보니 그들이 배우려 하지도 않고 배울 줄도 모른다는 것도 분명히 드러났다. 그들에게는 아무런 질서나 규율도 없었으며 모든 일이 느슨하기만 했다. 엉성한 텐트를 치는 데도 몇 시간이나 허비했고 짐을 꾸려서 썰매에 싣는 데도 반나절이 꼬박 걸렸다. 게다가 짐을 너무 허술하게 싣는 바람에 길을 가다 멈춰 서서 짐을 다시 정리하는 데 한나절을 꼬박 허비하기도 했다. 그러다 보니 어떤 날은 하루에 20킬로미터도 채 나아가지 못했으며 어떤 날은 아예 출발하지도 못했다. 결국 그들이 개 먹이를 계산할 때 기준으로 삼은 거리의 절반 이상을 전진한 날은 단 하루도 없었다.

개 먹이가 부족해지는 것은 당연했다. 게다가 개들에게 먹이를 너무 많이 주는 바람에 먹이 부족 현상을 더 앞당기고 말았다. 최소한도의 먹이로 견뎌내는 훈련을 받지 않은 외래종 개들은 늘 배고픔을 참지 못했다. 게다가 할은 지친 에스키모개들이 썰매를 힘없이 끌자 정해진 먹이의 양이 부족해서 그렇다고 생각했다. 그는 먹이를 두 배로 늘렸다. 설상가상으로 아름다운 눈에 눈물이 글썽한 채 개에게 먹이를 더 주자고 부추기던 머세이디스는 자신의 뜻이 좌절되자 직접 생선 보따리에서 생선을 꺼내 몰래 개들에게 주었다. 하지만 벅과 에스키모개들에게 필요한 것은 먹이가 아니라 휴식이었다. 그들은 비록 천천히 달렸음에도 불구하고 무거운 짐 때문에 이내 기진맥진해버렸다.

그러다 보니 먹이가 금세 부족해졌다. 어느 날 할은 이제 겨우 4분의 1을 달려왔을 뿐인데 먹이가 절반 이상 없어졌다는 사실을 알게 되었다. 돈이 아니라 그 어떤 대가를 치르더라도 먹이를 구할 방법이라고는 없었다. 따라서 그는 애당초 정해진 양보다도 먹이를 줄여야 했으며 하루에 달려야 할 거리를 늘려야만 했다. 누나와 매형도 그의 견해와 같았다. 하지만 그들은 자신들의 무거운 짐과 무능함 때문에 좌절할 수밖에 없었다. 개들에게 먹이를 덜 주는 일은 비교적 간단했다. 하지만 개들을 더 빨리 달리게 하는 것은 불가능했다. 게다가 아침에 워낙 늦게 출발했으니 긴 시간을 달릴 수도 없었다. 그들은 개를 부릴 줄도 몰랐을 뿐 아니라 자신들이 어떻게 처신해야 하는지조차 몰랐다.

첫 번째 희생자는 더브였다. 변변찮은 더브는 늘 도둑질을 하다 들켜서 벌을 받곤 했다. 그럼에도 불구하고 그는 일에는 열심이었다. 어깨뼈에 상처를 입은 더브는 치료도 못하고 쉬지도 못하는 통에 상처가 더 악화되었고, 결국 할이 커다란 콜트 권총으로 더브를 사살해버렸다. 외래종 개들이 에스키모개들만큼의 먹이를 먹다가는 굶어 죽게 된다는 것이 이곳 북극에서는 정설로 되어 있다. 벅의 휘하에 들어온 여섯 마리의 개들은 통상 에스키모개들이 먹는 양의 반밖에 먹지 못했으니 굶어 죽는 것이 당연했다. 가장 먼저 뉴펀들랜드가 죽었고 짧은 털의 세 마리 포인터가 그 뒤를 이었으며 두 마리의 잡종 개는 좀 더 힘들게 버티다가 최후를 맞이했다.

이쯤 되자 그 세 명에게서 남부인 특유의 부드러움과 상냥함은 어디론가 사라져버렸다. 북극 여행은 애당초 그들이 꿈꾸었던 우아함과 낭만이 사라져버린, 그들에게는 너무 모질기만 한 현실이 되었다. 머세이디스는 더 이상 개들 때문에 울지 않았다. 그녀는 자신의 신세가 너무 처량해서 울었으며, 남편 및 남동생과 싸우면서 울었다. 그들은 그런 어려움 속에서도 말 그대로 쉬지 않고 싸웠다. 그들은 자신들의 처지 때문에 울화가 치밀었으며 바로 그 처지 때문에 치민 울화가 점점 더 커졌고 이윽고 자신들의 처지 이상으로 화를 낼 지경에 이르렀다. 힘든 일을 하고 고통을 겪으면서도 부드러운 말투와 친절함을 잃지 않는 몰이꾼들의 그 놀라운 인내력은 그 두 사내와 여자와는 거리가 멀었다. 그들에게는 그런 인내력 비슷한 것도 없었다. 그들은 몸도 마음도 굳어버렸으며 계속 고통에 시달렸다. 근육도 아팠고 뼈에도 통증이 왔으며 마음도 고통스러웠다. 그 때문에 말투도 날카로워졌고 아침부터 밤까지 거친 말이 그들

입에서 떠날 때가 없었다.

　찰스와 할은 머세이디스가 틈을 주기만 하면 다투었다. 그들은 자기가 하는 일이 더 많다고 믿고 있었으며 기회만 닿으면 서슴지 않고 그 믿음을 털어놓았다. 머세이디스는 때로는 남편 편을 들기도 했고 때로는 남동생 편을 들기도 했다. 그 결과 볼만한 가족 싸움이 그칠 때가 없었다. 그들은 모닥불에 넣을 장작을 누가 팰 것인가로 시작해서 아버지, 어머니, 삼촌, 사촌, 먼 친척, 심지어 죽은 사람들까지 끌어들이며 말다툼을 했다. 예술에 대한 할의 견해, 그의 외삼촌이 쓴 사회극 따위가 장작을 패는 일과 도대체 무슨 상관이 있다는 것인지 이해할 수 없었다. 그럼에도 불구하고 말다툼은 찰스의 정치적 편견을 문제 삼는 데까지 번졌고 머세이디스의 시댁 사람들의 괴팍한 성격들도 도마에 올렸다. 그러는 중에도 그들은 여전히 모닥불을 피우지 못했고 반쯤 친 텐트는 그대로 내버려 두었으며 개들은 밥을 먹지 못했다.

　머세이디스는 자기만의 불만을 가슴에 품고 있었다. 여자로서의 불만이었다. 그녀는 예쁘고 여렸기에 내내 공주 대접만 받고 살아왔다. 그런데 지금 자기 남편과 남동생이 자기에게 하는 짓은 그 대접과는 너무 거리가 멀었다. 그녀는 습관적으로 자신이 힘이 없는 존재라는 사실을 공공연히 드러냈다. 두 사내는 그에 대해 툴툴거렸다. 그러자 머세이디스는 자신의 여성으로서의 가장 기본적인 자존심을 그들이 건드렸다며 그들을 못살게 굴었다. 그녀는 더 이상 개들을 염두에 두지 않았다. 그녀는 자기 몸이 너무 아프고 피곤하다며 썰매에 타고 가겠다고 고집을 부렸다. 그녀는 예쁘고 여렸지만 몸무게가 54킬로그램이나 되었다. 지치고 굶주린 동물들이 겨우 끌고 가는 썰매에 싣고 가기에는 과도한 무게였다. 그녀가 며칠 동안 썰매를 타고 가자 결국 개들이 쓰러지고 썰매가 멈추었다. 찰스와 할은 제발 내려서 걸어가라고 애원하고 달랬다. 하지만 머세이디스는 울면서 그렇게 몰상식하고 잔인한 짓을 자신에게 강요할 수 있느냐고 떼를 썼다.

한번인가는 두 남자가 억지로 그녀를 썰매에서 끌어내린 적도 있었다. 하지만 두 번 다시 그런 짓을 하지 않았다. 그녀가 아이처럼 다리를 절룩거리더니 그대로 길바닥에 주저앉아버린 것이다. 그들이 그대로 썰매를 몰고 길을 계속 갔지만 그녀는 꼼짝도 하지 않았다. 그들은 5킬로미터쯤 가다가 썰매에서 짐을 내린 뒤 다시 그녀에게로 되돌아왔다. 그리고 다시 힘을 써서 그녀를 썰매에 태워야 했다.

그들은 자신들의 처지가 너무 비참했기에 개들이 겪고 있는 고통에 대해서는 무감각했다. 할이 남들에게 내세우는 이론이 하나 있었다. 그것은 '마음을 굳게 먹어야 한다'라는 것이었다. 할은 자신의 이론을 매형과 누이에게 설파하기 시작했다. 하지만 소기의 성과를 거두지 못하자 이번에는 개들에게 몽둥이찜질로 자신의 이론을 주입시키려 했다.

그런 상태에서 파이브핑거스 여울에 도착했을 무렵 개 먹이가 바닥이 났다. 그곳에서 만난 어느 인디언 노파가 그들에게 할이 허리춤에 차고 다니던 사냥칼과 콜트권총을 얼어붙은 몇 킬로그램의 말가죽과 바꾸자고 제안했다. 6개월 전에 어느 목축업자가 굶어 죽은 말들에게서 벗겨낸 가죽이었다. 완전히 얼어붙어 있어 냉동 가죽이라기보다는 양철 조각에 가까운 것으로서 음식이랄 수도 없는 것이었다. 개들이 그 양철 조각 같은 것을 억지로 입안에 욱여넣으면 아무 영양가도 없는 얇은 가죽 조각과 털 덩어리로 변했으며 위를 자극하기만 할 뿐 소화도 되지 않았다. 그 모든 일을 겪으면서도 벅은 마치 악몽이라도 꾸는 듯 비틀거리며 앞에서 무리들을 이끌었다. 그는 힘이 있는 한 썰매를 끌었으며 더 이상 힘이 없으면 그대로 쓰러졌다. 그리고 채찍이나 몽둥이찜질이 몸에 떨어지면 다시 몸을 일으켰다. 그의 아름다운 털은 윤기를 잃고 늘어져 있었으며 할에게 몽둥이로 맞은 부위에는 피가 엉겨 있었다. 근육은 모두 사라지고 힘줄만 남았으며 살도 모두 빠져버려 온통 주름진 가죽 위로 갈비뼈를 비롯해 온몸의 뼈가 훤히 드러나 보였다. 마음 아픈 몰골이었지만 벅의 마음만은 결코 꺾이지 않았다. 그것은 붉은 스웨터의 사내가 이미 증명해준 바 있는 사실이었다.

다른 동료들도 벅과 마찬가지였다. 그들은 그야말로 걸어 다니는 해골이었다. 벅을 포함해서 모두 일곱이었다. 그들은 정말로 비참하게도, 살을 후벼 파는 채찍질이나 몽둥이찜질에도 무감각해져 있었다. 눈이 거의 보이지 않게 되고 귀가 거의 들리지 않게 된 것과 동시에 그들의 몸에 가해지는 고통도 멀고 아득하게만 느껴졌다. 그들은 이제 거의 죽은 목숨이나 다름없었다. 그들은 생명의 불꽃이 겨우 깜빡이고 있는 뼈 가죽에 불과했다. 행렬이 멈추면 그들은 마치 죽은 개처럼 그대로 쓰러졌다. 마치 희미하게 깜빡이고 있던 생명의 불꽃이 꺼져버린 것 같았다. 그러나 그들 몸 위로 몽둥이나 채찍이 떨어지면 생명의 불씨가 다시 살아났고 그들은 허우적거리며 일어나 비틀거리며 걸어갔다.

그러던 어느 날 착한 빌리가 쓰러져 다시는 일어나지 못했다. 할은 권총을 말가죽과 바꿔버렸기에 도끼로 쓰러져 있는 빌리의 머리를 내리쳤다. 그러고는 묶인 썰매 줄을 풀고 죽은 개를 길가에 버렸다. 벅도 그 모습을 보았고 동료들도 그 모습을 보았다. 그리고 자기들에게도 비슷한 일이 벌어지리라는 것을 직감했다. 다음 날 쿠나도 저세상으로 갔고 이제 다섯 마리만이 남았다. 조는 심술부릴 힘조차 없었다. 다리를 절뚝거리던 파이크도 정신이 반쯤 나간 상태였기에 더 이상 꾀를 부릴 수 없었다. 외눈박이 솔렉스는 여전히 썰매 끄는 일에 열심이었지만 자신에게 썰매를 끌 만한 힘이 거의 남아 있지 않았기에 침울해했다. 그해 그만한 장거리 여행을 해본 적이 없는 티크는 신참인 만큼 다른 개들보다 더 녹초가 되어 있었다. 벅은 여전히 우두머리로서 일행을 이끌고 있었지만 더 이상 규율을 잡으려 하지 않았고 굳이 규율을 강요하지도 않았다. 몸이 너무 쇠약해져 눈이 침침했기에 어렴풋한 시각과 발의 감각으로 간신히 썰매를 끌 뿐이었다.

화창한 봄날이었다. 하지만 개들도 사람들도 그것을 의식하지 못했다. 매일 해 뜨는 시각이 빨라지고 조금씩 늦게 졌다. 새벽 3시에 날이 밝았고 밤 9시가 되어도 황혼빛이 남아 있었다. 마치 긴 하루 내내 해가 비치는 것 같았다. 침묵을 지키는 유령

같은 겨울이 물러나고 생명이 깨어나는 속삭임과 함께 위대한 봄이 온 것이다. 생명의 속삭임은 삶의 환희를 가득 싣고 온 대지에서 솟아올랐다. 그 속삭임은 얼어붙어 있던 긴 기간 동안 마치 죽은 것처럼 꼼짝 않고 있던 모든 것들, 이제 다시 살아나 움직이기 시작한 모든 것들로부터 들려왔다. 소나무에서 수액이 올라오고 있었다. 버드나무와 사시나무 포플러에서 새싹이 돋았다. 키 작은 관목과 넝쿨이 신선한 녹색 옷을 입었다. 밤마다 귀뚜라미가 울었고 낮에는 온갖 종류의 꿈틀거리는 것들이 해바라기를 하러 기어 나왔다. 숲에서는 자고새가 날갯짓을 했고 딱따구리가 나무를 쪼아 댔다. 다람쥐가 재잘거리고 새들이 노래했으며 머리 위로는 남쪽에서 날아온 기러기들이 끼룩끼룩 하늘을 날았다.

산비탈에서 샘물이 졸졸 흐르는 음악 같은 소리가 들렸다. 만물이 녹고, 휘어지고, 딱딱 소리를 내고 있었다. 유콘강은 자신을 묶어 놓았던 얼음에서 풀려나려 애쓰고 있었다. 강물은 아래로부터, 태양은 위로부터 얼음을 먹어 치우고 있었다. 얼음이 녹은 구멍들이 여기저기 생기고 얼음이 갈라지면서 얇은 얼음 조각들이 강을 따라 흘러내렸다. 이렇게 모든 것들이 움트고, 휘어지고, 고동치면서 생명을 깨우고 강한 햇볕이 내리쬐이고 미풍이 살랑거리며 불어오는 가운데, 두 남자와 한 여자, 그리고 에스키모개들이 마치 죽음을 향해 가는 나그네처럼 비틀거리며 걷고 있었다.

개들은 픽픽 쓰러지고, 머세이디스가 썰매에 올라타 울고 있으며, 할이 욕을 해대고 찰스는 눈가에 물기가 가득한 가운데, 그들 일행은 화이트리버 입구에 있는 존 손턴의 캠프를 향하고 있었다. 이윽고 캠프에 도착해서 멈춰 서자 개들은 일제히 죽은 것처럼 쓰러졌다. 머세이디스는 눈물을 닦으면서 존 손턴을 바라보았다. 찰스는 쉬기 위해 통나무 위에 앉았다. 몸이 딱딱하게 굳어 있어 천천히 힘들여 앉을 수밖에 없었다. 할이 존 손턴에게 말을 걸었다. 손턴은 자작나무 가지로 만든 도낏자루의 마지막 손질을 하고 있는 중이었다. 그는 할이 말을 하는 중에도 여전히 나무를 깎는 손길을 멈추지 않았으며 질문을 받아도 짧게 대답했을 뿐이었다. 그는 그들이 어떤 유형의 사람인지 금세 알아보았으며 그들에게 조언을 해주어도 그들이 절대로 그 조언에 따르지 않으리라는 것을 알고 있었다.

손턴이 얼음이 녹고 있으니 요행을 바라고 강을 건너는 짓은 하지 말라고 충고하자 할이 말했다.

"저 위에 사람들도 얼음이 녹고 있으니 미루는 게 상책이라고 충고했소. 우리가 결코 화이트리버까지 못 갈 거라고 했지. 하지만 우리는 여기까지 왔잖소."

할의 마지막 말에는 냉소적이면서도 의기양양한 기색이 역력했다.

"그들 말이 사실이오." 손턴이 대답했다. "얼음은 당장에라도 깨질 수 있소. 행운에 눈이 먼 바보가 아니라면 이런 짓은 하지 않았겠지. 단도직입적으로 말하지만 나라면 알래스카의 금을 몽땅 준다 해도 저 얼음에 내 목숨을 던져버리지는 않을 거요."

"그러니까, 당신은 바보가 아니라는 뜻이로군." 할이 받아쳤다. "그러건 말건 우리는 도슨까지 갈 거요."

이어서 그는 손에 감고 있던 채찍을 풀고 외쳤다.

"자, 일어나, 벅! 어서 일어나! 가자고!"

손턴은 계속 도끼자루를 다듬고만 있었다. 그는 바보가 하는 바보짓을 아무리 말려봐야 아무 소용없다는 것을 잘 알고 있었다. 그리고 세상에서 두세 명의 바보가 더 있건 없건 달라질 것은 아무것도 없다는 것도 잘 알고 있었다.

하지만 개들은 할의 명령에도 일어나지 않았다. 말로서 개들을 일으켜 세울 단계는 이미 오래전에 지나 있었다. 채찍이 휙휙 무자비하게 춤을 추었다. 손턴은 입술을 깨물었다. 솔렉스가 제일 먼저 일어났다. 틱이 그 뒤를 따랐고 조가 고통으로 낑낑거리며 일어섰다. 파이크도 일어서려 애를 쓰고 있었다. 그는 두 번이나 픽픽 쓰러지더니 세 번째가 되어서야 겨우 몸을 일으킬 수 있었다. 벽은 가만히 있었다. 그는 누운 자리에서 꼼짝도 하지 않았다. 할의 채찍이 연달아 벽의 몸을 강타했지만 벽은 신음 소리도 내지 않았고 저항하지도 않았다. 손턴은 몇 번이고 뭔가 입을 떼려 했으나 곧 마음을 바꾸었다. 그의 눈가가 촉촉이 젖어들고 있었다. 할의 채찍질이 멈추지 않자 손턴은 벌떡 몸을 일으키더니 뭔가 망설이는 듯 서성이기 시작했다.

벽이 이렇게 말을 듣지 않는 것은 처음 있는 일이었고 그것만으로도 할이 격노하기에 충분했다. 그는 채찍 대신 몽둥이를 집어 들었다. 벽은 묵직한 몽둥이찜질을 받으면서도 꿈쩍도 하지 않았다. 그도 그의 동료들처럼 억지로 몸을 일으킬 수는 있었다. 하지만 그는 결코 일어나지 않겠다고 결심했다. 그는 자기 코앞에 마지막이 다가왔음을 어렴풋이 느끼고 있었다. 그 느낌은 벽이 강기슭을 건널 때부터 그를 사로잡았으며 내내 그에게서 떠나지 않았다. 그는 종일 발밑에서 얇고 약해진 얼음을 느끼면서 재앙이 가까이 다가왔음을, 그 재앙은 주인이 자신을 몰고 가고자 하는 바로 저 앞 얼음에 도사리고 있음을 느졌다. 그는 움직이기를 거부했다. 이제껏 너무 큰 고통을 겪어 왔기에, 또한 너무 지쳐 있었기에 몽둥이로 아무리 맞아도 벅은 아무런 아픔도 느낄 수 없었다. 하지만 몽둥이찜질이 계속되는 동안 안에서 깜빡이던 생명의 불꽃은 서서히 사그라졌다. 이제 거의 그 불씨가 꺼지려 하고 있었다. 그러자 이상하게 그는 무감각해졌다. 마치 자기가 멀리 떨어져서 자신이 맞고 있는 모습을 무심코 바라보고 있는 것만 같았다. 고통을 느낄 수 있는 마지막 감각마저 그를 떠난 것이다. 자신의 몸뚱이를 때리는 몽둥이 소리만 들려올 뿐 벅은 아무것도 느끼지 못했다. 하지만 그것은 이미 그의 몸뚱이가 아니었다. 자신의 몸뚱이마저 아주 멀어져버린 것만 같았다.

바로 그때였다. 존 손턴이 사전 예고도 없이 마치 짐승이 울부짖는 듯한 고함을 지르며 몽둥이를 휘두르고 있는 할에게 달려들었다. 할은 마치 쓰러지는 나무에 맞은 듯 뒤로 자빠졌다. 머세이디스가 비명을 질렀다. 찰스는 눈에 고인 눈물을 씻으며 그 모습을 바라보았지만 몸이 너무 굳어 있어서 일어날 수가 없었다.

존 손턴은 벅을 내려다보고 서서 자신을 진정시키려 애쓰고 있었다. 너무 흥분해서 말도 나오지 않는 것 같았다.

겨우 숨을 고른 그가 목멘 소리로 겨우 말했다.

"이 개를 또 때린다면 죽여버리겠어."

"그건 내 개야." 정신을 차린 할이 입가의 피를 닦으며 말했다. "당장 비키지 않으면 맛을 보여주겠어. 난 지금 도슨으로 갈 거야."

손턴은 할과 벽 사이에 섰다. 결단코 길을 비킬 생각이 없는 것 같았다. 할이 긴 사냥 칼을 뽑았다. 그러자 머세이디스가 비명을 지르더니 마구 울고 웃는 것이 히스테리를 일으킨 게 분명했다. 손턴은 도낏자루로 할의 손목을 쳐서 칼을 바닥에 떨어뜨렸다. 할이 칼을 집으려 하자 손턴은 다시 그의 손등을 내리쳤다. 손턴은 허리를 굽혀 칼을 집어 들더니 벽의 썰매 줄을 끊어버렸다.

할은 더 이상 싸울 의욕을 상실했다. 게다가 그의 두 팔을 누이가 잡고 있는 바람에 더 이상 싸울 수도 없었다. 그는 어차피 벽은 죽은 것과 다름없으니 더 이상 썰매를 끌 수 없다고 생각했다.

잠시 뒤 할과 그 일행은 강기슭에서 나와 강을 따라 내려갔다. 썰매 소리가 들리자 벽은 고개를 들어 바라보았다. 파이크가 맨 앞에서 개들을 이끌고 있었으며 솔렉스가 맨 뒤에 있었고 둘 사이에는 조와 티크가 있었다. 개들은 모두 다리를 절면서 비틀거리고 있었다. 머세이디스는 짐을 실은 썰매에 올라타 있었다. 할이 썰매를 몰고 있었고 찰스는 뒤에서 따라가고 있었다.

벽이 그들을 바라보는 동안 손턴이 벽 옆에 무릎을 꿇고 거칠면서도 다정한 손길로 벽의 부러진 뼈를 살펴보았다. 꼼꼼히 살펴본 결과 타박상을 입고 심하게 굶주린 것 외에 큰 이상은 없어 보였다. 그사이 썰매는 400미터 정도 강 위로 좀 더 나아가고 있었다. 개와 사람은 썰매가 얼음 위를 천천히 기어가는 것을 바라보았다. 갑자기 썰매 뒷부분이 어디 홈에라도 빠진 듯 쑥 밑으로 내려갔다. 그리고 앞쪽 썰매채가 할을 대롱대롱 매단 채 공중에 솟구쳤다. 머세이디스의 비명이 들려왔다. 돌아서서 달려가려는 찰스의 모습이 보였다. 하지만 그가 한 발을 내딛는 순간 주변 얼음이 모두 무너져 내렸고 개도 사람도 모두 사라져버렸다. 보이는 것이라고는 하품하듯 입을 크게 벌리고 있는 구멍뿐이었다. 얼음이 녹아 길이 무너져 내린 것이다.

존 손턴과 벽은 서로를 바라보았다.

"쯧쯧, 불쌍한 놈."

존 손턴이 말하자 벽은 그의 손을 핥았다.

제6장 사랑하는 사람을 위하여

　지난해 12월 존 손턴이 발에 동상을 입었을 때 그의 동료들은 그가 편히 쉬며 몸을 회복할 수 있도록 그를 캠프에 내버려둔 채 도슨으로 싣고 갈 통나무를 뗏목에 실어오기 위해 강을 거슬러 올라갔다. 그가 벅을 구해주었을 때만 해도 그는 발을 약간 절고 있었다. 하지만 따뜻한 날씨가 계속되자 그의 걸음걸이는 완전히 정상을 되찾았다. 그리고 벅도 긴긴 봄날 강둑에 앉아 흐르는 물을 바라보거나 새들의 노랫소리, 자연의 흥얼거림에 느긋하게 귀를 기울이는 동안 천천히 원기를 되찾았다.

　5,000킬로미터를 달린 후에 찾아오는 휴식은 달콤했다. 벅의 상처가 치료되면서 근육이 붙고 살이 오르는 동안 그가 게을러졌다는 사실도 밝혀야 할 것이다. 사실 벅만 그런 것이 아니라

존 손턴을 비롯해 스키트와 니그도 그들을 도슨까지 실어다줄 뗏목을 기다리며 빈둥거리고 있었다. 스키트는 몸집이 작은 아일랜드산 세터 암캐로서 일찍부터 벅과 친구가 되었다. 세터는 벅이 다 죽어가는 상태일 때 그에게 다가와 다정하게 대해주었다. 스키트는 의사로서의 기질을 지닌 개 중의 하나였다. 스키트는 마치 어미 고양이가 새끼 고양이를 씻겨주듯이 벅의 상처를 핥아서 깨끗하게 씻어주었다. 벅이 아침을 먹고 나면 스키트는 하루도 빠짐없이 그의 상처를 핥아주었다. 스키트가 그 자발적인 임무를 하도 성실히 수행했기에 벅은 손턴의 도움의 손길만큼 스키트의 도움의 손길을 기다렸다. 니그는 블러드하운드와 디어하운드 피가 반씩 섞인 거대한 몸집의 검은 개였다. 그는 스키트처럼 노골적으로 감정을 드러내지는 않았지만 매우 다정한 개로서 늘 웃는 눈에 성격도 온순했다.

벅은 이 개들이 자신을 조금도 시샘하지 않는 것을 보고 놀랐다. 그들은 그들의 주인 존 손턴을 닮아 상냥하고 너그러웠다. 벅이 기력을 어느 정도 회복하자 그들은 온갖 엉뚱한 놀이에 벅을 끌어들였고 손턴도 자주 함께 놀았다. 벅은 그렇게 뛰어놀면서 체력을 회복했고 새로운 존재로 태어났다. 그에게 사랑이, 순수하고 열정적인 사랑이 생전 처음으로 찾아온 것이다.

그것은 햇빛이 따사로운 산타클라라의 밀러 판사 저택에서도 미처 경험하지 못한 것이었다. 판사의 아들들과 사냥과 산책을 할 때 그는 함께 그 일에 동참한 동료일 뿐이었다. 또한 판사의 어린 손자들에게는 위엄 있는 보호자였을 뿐이었다. 그리고 판사 자신과도 당당하고 위엄 있는 친구일 뿐이었다. 그런데 존 손턴을 만나고 나서 열정적으로 불타오르는 사랑, 흠모의 감정이면서 동시에 거의 미칠 듯 광적인 사랑이 싹터 오른 것이다.

자신의 목숨을 구해주었다는 사실, 그것만으로도 손턴은 그에게 특별한 존재였다. 하지만 그는 그 이상이었다. 손턴은 가장 이상적인 주인이었다. 다른 사람들은 의무감이나 사업상 이익을 위해 자신의 개들을 돌보았다. 하지만 손턴은 개들을 자신의 자식처럼 아꼈다. 무슨 이유가 있어서가 아니었다. 그는 그냥 자연스럽게 그러지 않고는 못 배기는 사람이었다. 또한 그 정도에서 그치는 것이 아니었다. 손턴은 개들에게 친절하게 인사를 하거나 격려의 말을 잊지 않고 건넸으며 개들 곁에 앉아 오랫동안 이야기를 나누기도 했다.―그는 그것을 '헛소리'라고 불렀다―그 시간은 개들뿐 아니라 그에게도 아주 즐거운 시간이었다. 손턴은 가끔 두 손으로 벅의 머리를 움켜쥐고 자신의 머리를 벅의 머리에 기댄 채 좌우로 마구 흔들면서 거친 욕설을 내뱉기도 했다. 하지만 벅을 향한 사랑이 듬뿍 담긴 욕설이었다.

벅에게는 손턴의 그 거친 포옹보다, 그가 중얼거리는 욕설을 듣는 것이 훨씬 즐거웠다. 손턴이 자신의 머리를 좌우로 흔들 때마다 벅은 마치 자신의 심장이 흔들리는 것 같았고 행복의 절정을 맛보았다. 이윽고 손턴이 그를 놓아주면 그는 벌떡 일어났다. 얼굴에는 웃음을 띠고 있었고 눈은 감동에 젖어 있었으며 마치 무슨 말이라도 하듯 목젖이 떨리고 있었다. 벅이 꼼짝 않고 그 자세로 한동안 서 있으면 존 손턴이 외쳤다.

"오! 너는 정말 말만 못할 뿐이지 온갖 걸 다 하는구나!"

벅은 상대방이 아파할 정도로 사랑을 표현하는 버릇이 있었다. 그는 가끔 손턴의 손을 너무 심하게 이빨로 깨물어 이빨 자국이 한동안 가시지 않게 만들 때도 있었다. 하지만 벅이 손턴의 욕설을 애정 표현으로 받아들이듯이 손턴도 이 깨무는 습관을 애무로 이해했고 손턴은 그것을 '바보놀이'라고 불렀다.

하지만 손턴을 향한 벅의 사랑은 주로 숭배와 흠모의 형태로 표현되었다. 손턴이 그를 쓰다듬거나 그에게 말을 걸면 벅은 미친 듯 행복했지만 그는 그런 애정 표현을 구걸하지 않았다. 스키트가 손턴의 손바닥 아래 자신의 코를 들이밀고 쓰다듬어

줄 때까지 보채거나 니그가 손턴에게 천천히 다가가 그의 무릎에 자신의 머리를 올려놓을 때도 벅은 조금 떨어진 곳에서 손턴을 우러러보는 것으로 만족했다. 벅은 몇 시간씩 손턴의 발치에 앉아 자신의 열띤 눈길을 그의 얼굴에 고정한 채 올려다보았으며 매 순간 변화하는 그의 표정을 아주 흥미롭게 자세히 살펴보곤 했다. 또한 어떤 때는 손턴으로부터 옆이나 뒤쪽으로 비교적 멀리 떨어져 앉아 그 사내의 몸의 윤곽이나 움직임 하나하나를 바라보곤 했다. 그렇게 벅과 손턴은 서로 마음을 나누는 사이가 되었다. 벅이 뚫어져라 손턴을 응시하고 있으면 손턴이 자기도 모르게 고개를 돌렸으며 이번에는 그가 벅을 응시했다. 아무런 말이 없어도 손턴의 마음이 그 눈을 통하여 빛을 발하고 있었으며 벅의 마음도 반짝이는 벅의 눈에 그대로 드러나 있었다.

벅은 자신이 구조된 이래 꽤 오랜 기간 손턴의 곁을 한시도 떠나지 않았다. 벅은 손턴이 텐트를 떠나 다시 돌아올 때까지 뒤를 따라다녔다. 그가 북극 지방으로 온 이래 주인이 여러 번 바뀌다 보니 어떤 주인도 영원히 곁에 있지 않으리라는 두려움이 생긴 때문이었다. 벅은 손턴이 페로나 프랑수아처럼 혹은 스코틀랜드 혼혈인처럼 그의 삶을 스쳐 지나갈까 봐 두려웠다. 심지어 밤에 꿈을 꿀 때조차 그런 두려움에 사로잡힐 때도 있었다. 그럴 때면 벅은 잠을 쫓아버리고는 찬 공기를 뚫고 손턴의 텐트까지 살금살금 다가갔다. 그러고는 그 자리에 서서 주인의 숨소리에 귀를 기울였다.

하지만 그가 존 손턴을 향한 크나큰 애정, 그가 온화하고 부드러운 문명의 영향을 받았음을 보여주고 있는 그 애정을 지니게 되었음에도 불구하고 북쪽 나라에서 깨어난 그의 원시적인 팽팽함은 여전히 벅 안에 살아남아 꿈틀대고 있었다. 불과 지붕의 산물인 신뢰와 헌신을 그는 지니고 있었다. 하지만 그는 야성과 교활함도 동시에 지니고 있었다. 그는 여러 세대에 걸친 문명의 흔적이 각인되어 있는 부드러운 남쪽 지방의 개로서가 아니라 야성의 개, 야성으로부터 나온 개로서 지금 존 손턴 곁, 불가에 앉아 있는 것이었다. 그는 손턴을 너무 사랑했기에 그의 것은 훔치지 않았다. 하지만 다른 사람이나 다른 캠프의 물건은 한순간도 망설이지 않고 훔쳤다. 게다가 너무 교묘하게 슬쩍 훔쳤기에 단 한 번도 발각되는 일이 없었다.

벅의 얼굴과 몸에는 수없이 많은 개들의 이빨 자국이 나게 되었다. 벅은 날이 갈수록 더 사납게, 더 약삭빠르게 싸웠다. 스키트나 니그는 너무 온순했기에 그들과는 싸울 일이 없었다. 게다가 그들은 존 손턴의 개들이었다. 하지만 다른 개들은 그 종자가 어떤 것이건, 제아무리 용감한 개이건 벅의 싸움 상대가 되었으며 그 개들은 곧바로 벅이 이겼음을 인정하고 꼬리를 내리거나 이 무서운 적과 목숨을 건 무시무시한 싸움을 벌여야만 했다. 벅에게 자비라고는 없었다. 그는 몽둥이와 송곳니의 법칙을 너무나도 잘 익히고 있었다. 그는 한번 잡은 유리한 기회를 결코 놓치는 법이 없었으며 적을 죽이기 전까지는 절대로 물러나지 않았다. 그는 스피츠에게서, 또한 싸움에 능한 경찰견이나 우편배달 개들을 통해 중간이라는 것은 존재하지 않는다는 것을 배웠다. 지배하거나 지배당하거나 둘 중 하나였다. 자비를 보여준다는 것은 약하다는 것을 드러내는 것과 마찬가지였다. 원시적 삶에서 자비란 존재하지 않는다. 자비는 두려움으로 오해를 받기 마련이고 그런 오해는 곧바로 죽음을 불러왔다. 죽이느냐 죽느냐, 먹느냐 먹히느냐, 바로 그것이 법칙이었다. 벅은 저 태고로부터 내려온 이 법칙의 명령에 복종했다.

벅은 그가 실제로 살았던 삶들, 그가 실제로 숨 쉬었던 날들보다 훨씬 오래된 존재였다. 그는 과거를 현재와 연결시키는 존재였으며 영원(永遠)이 그를 통하여 그의 뒤에서 강력하게 고동치고 있었고, 벽은 마치 물결과 계절의 흐름에 몸을 맡기듯 그 영원의 고동에 몸을 맡겼다. 벅은 넓은 가슴에 날카로운 송곳니와 긴 털을 가진 개로서 존 손턴이 피운 불가에 앉아 있었다. 하지만 그의 뒤에는 수많은 종류의 개들—개와 늑대의 피가 섞인 개들, 야생의 늑대들—이 벅을 부추기며 함께 앉아 있었다. 그들은 벅이 먹고 있는 고기를 함께 맛보았고 벅이 마시는 물을 함께 탐냈다. 그들은 그와 함께 바람에 실려 오는 냄새를 맡았고 숲에서 들리는 야성적 삶의 소리에 그와 함께 귀를 기울이며 응답했다. 그들은 벅의 기분을 좌지우지했고 그의 행동을 지시했다. 그들은 그가 누우면 함께 누워 잠들었고 그와 함께 꿈을 꾸었으며 때로는 그 꿈 밖으로 벗어나 그들 자신이 벅의 꿈에 나타나기도 했다.

그 그림자들이 하도 강력하게 벅을 유혹했기에 날이 갈수록 인간과 인간이 부르는 소리는 벅에게서 차츰 멀어져갔다. 그 유혹의 소리는 저 깊은 숲에서 들려왔으며 벅은 그 부름을 들을 때마다 자신도 모르게 전율을 느꼈고 그에 끌렸다. 그는 당장에라도 모닥불로부터 등을 돌린 채 지금 딛고 있는 땅을 박차고 숲을 향해 달려가야만 할 것 같았다. 자기가 지금 어디를 왜 달리고 있는지도 모르는 채……. 혹은 자기가 지금 어디를 왜 달리고 있는지 궁금해하지도 않은 채……. 오로지 저 깊은 숲속에서 들려오는 절대적인 부름에 따라서……. 하지만 다시 부드러운 땅을 발아래 느끼면서 초록빛 그늘 안으로 들어서는 순간 존 손턴을 향한 그의 사랑이 그를 다시 모닥불가로 이끌었다.

그를 이곳에 붙잡아 두고 있는 것은 오로지 손턴밖에 없었다. 나머지 인간들은 그에게 아무 의미도 없었다. 지나가는 여행객들이 그를 칭찬하고 귀여워해주었다. 벅은 그 모든 사람들에게 냉담했다. 그리고 그에게 지나친 애정을 보여주는 사람이 있으면 벌떡 일어나 멀리 가버렸다. 손턴의 동료인 한스와 피트가 오랫동안 기다려온 뗏목을 타고 도착했을 때도 그들이 손턴과 매우 친한 사이라는 것을 알기 전까지는 거들떠보지도 않았다. 그 사실을 알고 난 뒤에 벅은 마치 그들의 호의를 받아들인다는 듯한 호의를 그들에게 베풀어주는 양 수동적으로 그들을 대했다. 그들은 손턴과 마찬가지로 너그러운 사람들이었고 자연과 가까이하며 사는 사람들이었으며 생각도 솔직하고 보는 눈도 정확한 사람들이었다. 일행이 도슨에 있는 제재소에 도착해서 거대한 소용돌이가 이는 강물에 뗏목을 대기 이전부터 그들은 벅을 이해했으며 스키트나 니그처럼 자신들을 살갑게 대하라고 벅에게 강요하지 않았다.

하지만 손턴을 향한 그의 사랑은 날이 갈수록 커져만 갔다. 여름에 여행을 할 때 벅의 등에 짐을 실을 수 있는 사람은 오로지 손턴뿐이었다. 벅에게는 손턴이 명령하기만 하면 무슨 일이든 못할 것이 없었다.

어느 날이었다. 일행은 뗏목에 싣고 온 물건들을 팔고 난 이익금으로 생필품들을 구입한 후 도슨을 떠나 태너나의 상류를 지나는 중이었다. 손턴과 일행은 깎아지른 듯한 절벽 위에 앉아 쉬고 있었다. 그들 발아래는 흙도 나무도 없는 바위 위로 곧장 떨어져버릴 수밖에 없는 100미터 가까운 높이의 낭떠러지였다. 손턴은 절벽 가장자리에 앉았고 벅은 그 곁에 앉아 있었다. 그때 손턴에게 갑자기 무분별한 생각이 들었다. 그는 자신이 실험을 한 가지 해보겠으니 잘 지켜보라고 한스와 피트에게 말했다.

이어서 그가 절벽 아래 허공 위로 손을 내저으며 벅에게 명령했다.

"벅, 뛰어내려!"

다음 순간 손턴은 벅의 몸뚱이 끝을 겨우 부둥켜안을 수 있었으며 한스와 피트가 그들을 안전한 곳으로 잡아 당겨야만 했다.

소동이 끝나고 겨우 진정이 되자 피트가 말했다.

"정말 기괴한 일이야."

손턴이 고개를 저었다.

"그렇지 않아. 엄청나게 멋진 일이야. 하지만 무시무시하기도 해. 내가 가끔 겁이 날 정도라니까."

그러자 피트가 벅에게로 눈길을 향하더니 고개를 끄덕이며 말했다.

"어쨌든 벅이 가까이 있을 때는 자네 손가락 하나 건드리지 않겠어."

그러자 한스도 동의했다.

"맞아! 나도 절대로 사양하겠어."

그해가 가기 전에 일행이 서클시티에 있을 때 피트가 우려하던 일이 실제로 벌어졌다. 블랙 버턴이라 불리는 어느 성질 고약한 사내가 술집에서 어느 풋내기와 시비가 붙었다. 손턴이 둘을 말리려고 나섰다. 벅은 늘 그렇듯이 구석에 엎드린 채 주인의 행동을 하나하나 살펴보고 있었다. 버턴이 예고도 없이 갑자기 손턴에게 주먹질을 했다. 넘어질 듯 비틀거리던 손턴은 카운터를 손으로 잡고 겨우 몸을 지탱했다.

그 모습을 보고 있던 사람들의 귀에 개 짖는 소리도 아니고

우는 소리도 아닌, 일종의 포효라고 해야 할 것 같은 소리가 들렸다. 그리고 벅이 공중으로 솟구쳐서 버턴의 목덜미를 향해 날아드는 모습이 보였다. 사내는 본능적으로 팔을 내 뻗어서 겨우 목숨을 구할 수 있었지만 벅이 내리누르는 힘에 바닥에 쓰러졌다. 벅은 물고 있던 팔에서 입을 뗀 다음 다시 한번 그의 목을 노렸다. 이번에는 버턴도 제대로 막아내지 못했고 목의 일부분이 찢기고 말았다. 그제야 사람들이 벅에게 달려들어 겨우 떼어낼 수 있었다. 하지만 의사가 버턴의 상처를 살펴보는 동안에도 벅은 당장이라도 달려들 듯 사납게 으르렁거렸다. 사람들이 몽둥이를 들고 그를 위협해 겨우 물러나게 할 수 있었다. 그 자리에서 당장 '광부들의 회합'이 열렸다. 그리고 개가 충분히 그럴만한 이유가 있었다고 결론 맺고 벅에게 무죄를 선고했다. 그 사건으로 벅의 명성이 자자해졌으며 그날 이후 벅의 이름이 알래스카의 모든 캠프에 널리 퍼졌다.

그해 가을, 벅이 존 손턴의 목숨을 구한 일도 있었다. 이번에는 전혀 다른 방식이었다. 손턴과 그의 동료들은 폭이 좁고 긴 보트를 이용해 포티마일강의 급류를 지나고 있었다. 한스와 피트는 강기슭을 따라가면서 보트와 연결된 마닐라 로프를 나무에서 나무로 옮겨 가며 팽팽하게 당기고 있었고 손턴은 보트에 남아 긴 장대를 이용해 강기슭에 있는 동료에게 방향을 지시하고 있었다. 벅은 강기슭에서 걱정스러운 표정으로 보트를 나란히 따라갔다. 벅은 주인에게서 한시도 눈을 떼지 않았다.

암초가 불쑥 튀어나온 위험한 지대에 이르면 한스는 로프 줄을 느슨하게 풀었고 손턴이 장대로 노를 저어 암초를 피해 가는 동안 한스는 로프 한쪽 끝을 잡고 강기슭을 따라 달려갔다. 보트가 암초를 피해 물살에 합류하게 되면 다시 보트를 팽팽하게 당기기 위해서였다. 보트가 암초를 피했고 물레방아 물줄기처럼 사나운 급류를 타고 내려가기 시작했다. 그러자 한스가 로프를 잡아당겼다. 그러나 너무 갑자기 잡아당긴 것이 문제였다. 보트가 뒤집히더니 바닥을 위로 드러낸 채 강기슭으로 끌려갔고 손턴은 보트 밖으로 튕겨 나가 물살이 가장 센 부분으로 떠내려가기 시작했다. 물살이 하도 급해서 그 누구도 헤엄쳐 나올 수 없는 급류였다.

순간 벅이 물속으로 뛰어들었다. 벅은 물살이 소용돌이치는 가운데 300미터 가까이 손턴을 향해 헤엄쳐 갔다. 손턴이 자신의 꼬리를 잡는 느낌이 들자 벅은 온 힘을 다해 기슭을 향해 헤엄치기 시작했다. 하지만 전진 속도가 너무 느렸고 급물살은 무시무시할 정도로 거셌다. 급류가 더 거세지면서 강물은 거대한 빗을 통과하듯 바위를 통과하며 엄청난 물보라를 일으켰다. 마지막 급경사를 통과하면서 강물은 무서운 힘으로 벅과 손턴의 몸을 빨아들이고 있었다. 손턴은 강기슭에 도달하기는 불가능하다는 것을 깨달았다. 그는 바위 하나를 타고 넘으면서 온몸이 긁혔고 두 번째 바위를 넘으면서 심한 타박상을 입었으며 세 번째 바위에 부딪혔을 때는 온몸이 박살나는 것 같았다. 그는 벅의 꼬리를 놓아주고는 미끄러운 바위 꼭대기를 양손으로 잡은 채 들끓고 있는 강물 포효 소리보다 더 큰 소리로 외쳤다.

"벅, 가! 어서 가!"

벅은 제 몸을 가눌 수 없었다. 그는 강물에 휩쓸려 가면서 필사적으로 발버둥을 쳤다. 하지만 도저히 물살을 거슬러 오를 수 없었다. 손턴이 재차 명령하는 소리를 들었을 때 벅의 몸은 반쯤 물 밖으로 나와 있었다. 그는 주인의 모습을 보기 위해서인 듯 고개를 높이 쳐들더니 강기슭을 향해 헤엄치기 시작했다. 벅은 있는 힘을 다해 헤엄쳤고 기운이 다 빠져 더 이상 버틸 수 없을 지경이 되었을 때 겨우 피트와 한스가 벅을 기슭으로 끌어올릴 수 있었다.

그들은 급류에서 사람이 바위에 매달려 있을 수 있는 시간은 고작 몇 분밖에 되지 않는다는 것을 잘 알고 있었다. 그들은 강기슭을 내달려 손턴이 바위에 매달려 있는 곳보다 훨씬 상류로 갔다. 그런 후 밧줄을 벅의 목과 어깨에 걸어준 다음 벅을 물속에 뛰어들게 했다. 물론 밧줄이 그의 목을 조이거나 헤엄치는 데 방해가 되지 않도록 조심했다. 벅은 용감하게 나아갔지만 물살을 제대로 탈 수 없었다. 벅은 손턴이 있는 바위 근처까지 떠내려갔지만 물살을 잘못 타는 바람에 그 바위에 이르지 못하고 옆을 스치며 그대로 밑으로 떠내려가고 말았다. 바위와는 대여섯 번만 발을 차면 닿을 수 있는 거리였다. 벅은 실수를 알아차렸지만 이미 때는 늦은 터였다.

한스는 마치 벅이 보트라도 되는 듯 재빨리 로프를 잡아 당겼다. 물살에 휩쓸려 떠내려가는 도중에 로프를 당기자 벅은 물속으로 빨려 들어갔다. 그렇게 물에 잠긴 상태에서 벅은 강기슭까지 끌려갔고 죽기 일보 직전에 다시 물 밖으로 끌려 나올 수 있었다. 한스와 피트는 축 늘어진 벅에게 숨을 불어넣는 등 응급조치를 했고 벅은 물을 토해냈다. 벅은 비틀거리며 일어났다가 다시 쓰러졌다. 그때 손턴의 목소리가 희미하게 들렸다. 무슨 소리인지 제대로 알아들을 수 없었지만 손턴이 절체절명의 순간에 처해 있음을 그들은 알 수 있었다. 주인의 목소리가 벅에게는 마치 전기 충격 같았다. 그는 벌떡 일어나더니 한스와 피트보다 먼저 강기슭을 내달려 먼젓번 강에 뛰어든 지점으로 갔다.

벅은 다시 한번 로프를 몸에 감고 강에 뛰어들어 헤엄을 쳤다. 이번에는 제대로 물살을 탈 수 있었다. 한 번은 실수를 저질렀지만 두 번 다시 실수하는 잘못을 저지를 그가 아니었다. 한스가 밧줄이 늘어지지 않게 조심하며 밧줄을 풀었고 피트는 밧줄이 꼬이지 않도록 신경을 썼다. 벅은 손턴과 일직선이 될 때까지 상류 쪽에서 계속 헤엄쳐 갔다. 이윽고 일직선이 되자 벅은 헤엄을 멈추고 방향을 틀었다. 그러자 벅은 마치 급행열차처럼 빠른 속도로 손턴을 향해 흘러 내려갔다. 손턴은 벅이 다가오는 것을 보았다. 벅은 뒤에서 밀어내는 급류에 떠밀려 마치 성문을 부수려는 통나무처럼 거세게 손턴을 들이받았다. 손턴은 두 팔을 크게 벌려 털이 덥수룩한 벅의 목을 끌어안았다. 한스가 로프를 나무에 감았고 손턴과 벅의 몸은 물속으로 쑥 빨려 들어갔다. 둘은 목이 졸려 숨이 막힌 채, 때로는 벅이, 또 때로는 손턴이 번갈아 물 위로 모습을 드러내면서, 울퉁불퉁한 강바닥에 쓸리기도 하고 바위와 나무에 부딪히기도 하면서 강기슭으로 끌려갔다.

한스와 피트가 물에 떠내려온 통나무 위에 손턴의 몸을 올려놓고 이리저리 세차게 굴리자 겨우 그의 정신이 돌아왔다. 손턴의 눈길은 제일 먼저 벅을 향했다. 벅은 마치 죽은 듯 축 처져 있었다. 니그는 그 곁에서 길게 울부짖고 있었고 스키트는 벅의 젖은 얼굴과 감긴 눈을 열심히 핥고 있었다. 벅이 겨우 정신이 들자 손턴 자신도 멍이 들고 상처투성이였지만 그는 벅의 몸을 구석구석 세심하게 살펴보았다. 갈비뼈가 세 군데 부러져 있었다.

"자, 결정된 거야." 그가 말했다. "여기서 캠프를 차리자고."

그들은 벅의 갈비뼈가 제대로 붙어서 벅이 다시 여행할 수 있을 때까지 그곳에서 야영하기로 결정했다.

그해 겨울 도슨에서 벅은 또 하나의 큰 공을 세웠다. 비록 대단히 영웅적인 업적이라고 할 수는 없을지 몰라도 알래스카 전역에서 그의 명성을 몇 단계 더 높이는 데 기여한 사건이었다. 게다가 그 사건은 손턴과 그의 두 동료에게는 특히 반가운 일이 되었다. 그 덕분에 그들은 자신들에게 필요한 장비들을 구입해서 아직 광부들의 발길이 닿지 않은 동부 미개척지로의 여행을, 그들이 아주 오랫동안 염원해 오던 그 여행을 할 수 있게 되었던 것이다.

그 사건은 엘도라도의 술집에서 나눈 대화가 발단이 되었다. 사람들이 각자 자신이 아끼는 개를 자랑하기 시작했다. 이야기는 자연스럽게 가장 전력이 화려한 벅 쪽으로 옮겨가게 되었고 손턴은 벅을 열심히 자랑하고 옹호하고 있었다. 그렇게 대화가 30분 정도 이어지던 도중 한 사내가 자기 개는 250킬로그램의 짐을 실은 썰매를 끌 수 있다고 자랑했다. 그러자 옆에 있던 사내가 자기 개는 300킬로그램을 끌 수 있다고 했고 또 다른 사내는 자기에게 350킬로그램도 거뜬히 끌 수 있는 개가 있다고 호언장담했다.

그러자 존 손턴이 말했다.

"뭐야, 그 정도를 갖고! 벅은 500킬로그램의 짐을 실은 썰매도 거뜬히 끌 수 있어!"

그러자 350킬로그램을 끌 수 있다고 말했던 매튜슨이 반문했다. 그는 노다지를 발견해서 부자가 된 사내였다.

"그걸 끌 수 있다고? 그래, 그 썰매를 끌고 100미터를 갈 수 있단 말이지?"

"물론이지. 썰매를 자기 힘으로 출발시켜서 100미터쯤은 거뜬히 갈 수 있어." 손턴이 냉정하게 잘라 말했다.

그러자 매튜슨이 모든 사람이 다 들을 수 있도록 천천히 또 박또박 말했다.

"좋아, 나는 실패하는 쪽에 1,000달러를 걸겠어. 자, 여기 있어."

그는 그 말과 함께 커다란 소시지 크기의 사금 자루를 털썩 탁자에 던졌다.

아무도 말이 없었다. 손턴의 허풍이—꼭 허풍인지는 모르겠지만—시험대에 오르게 된 것이다. 손턴은 얼굴이 확 달아올랐다. 생각지도 않던 말이 자신의 입에서 튀어나온 셈이었다. 그는 벅이 500킬로그램의 짐을 실은 마차를 출발시킬 수 있는지 전혀 알 수 없었다. 무려 반 톤이나 되는 짐을! 그 어마어마한 무게를 생각하니 소름이 돋았다. 물론 그는 벅의 힘을 굳게 믿고 있었으며 벅이 그런 짐을 싣고도 거뜬히 썰매를 끌 수 있으리라는 생각을 가끔 하기는 했다. 하지만 지금처럼 실제로 그 능력을 보여줘야 할 기회는 없었다. 열 명도 넘는 사람들이 말없이 그를 뚫어져라 바라보며 대답을 기다렸다. 게다가 그에게는 1,000달러나 되는 돈이 없었고 한스나 피트도 마찬가지였다.

"밖에 내 썰매가 있다네. 25킬로그램짜리 밀가루 포대가 스무 개 실려 있어." 매튜슨이 잔인할 정도로 거침없이 말했다. "그러니 우물쭈물할 필요 없이 당장 보여줄 수 있어."

손턴은 대답하지 않았다. 뭐라고 할 말이 없던 때문이었다. 그는 넋이 나간 듯한 표정으로 사람들을 하나씩 흘끗흘끗 둘러보았다. 어떻게 하면 사태를 수습할 수 있을지 도움을 구하는 표정이었다. 그때 역시 노다지를 발견하고 마스토돈 킹이라는 별명을 갖게 된 짐 오브라이언의 얼굴이 그의 눈에 들어왔다. 그의 얼굴을 보는 순간 그는 발동이 걸리고 말았다. 지금까지 꿈속에서조차 시도할 수 없었던 일을 한번 시도해보고자 하는 오기가 솟아났던 것이다.

손턴은 거의 속삭이듯이 오브라이언에게 물었다.

"여보게, 1,000달러 좀 빌려줄 수 없겠나?"

오브라이언은 "물론이지"라고 말하면서 매튜슨의 불룩한 자루 옆에 자신의 자루를 내려놓았다. 그리고 "하지만 존, 자네 개가 성공할 거라고 별로 믿지는 않아"라고 덧붙였다.

엘도라도 선술집에 있던 사람들은 모두 내기를 구경하려고 거리로 나갔다. 테이블은 텅텅 비었고 술집 안의 도박 딜러까지도 거리로 나섰다. 털옷을 입고 장갑을 낀 수백 명의 사람들이 썰매를 둘러싸고 있었다. 500킬로그램의 곡물 포대를 실은 매튜슨의 썰매는 두 시간 동안 그곳에 서 있었고 영하 60도의 혹한 속에서 썰매 날은 굳은 눈에 단단히 얼어붙어 있었다. 사람들은 거의 다 벅이 썰매를 움직이지 못하리라고 생각했기에 도박 배당률은 2대 1이 되었다. 이어서 '출발'이 무엇을 의미하는가를 놓고 설왕설래가 오갔다. 오브라이언은 손턴에게 유리하게, 우선 얼어붙은 눈에서 썰매 날을 떼어낸 다음 정지 상태에서 100미터를 가면 된다고 주장했다. 하지만 매튜슨은 '출발'이라는 말에는 얼어붙은 눈에서 썰매를 떼어내는 것까지 포함된다고 주장했다. 벅이 실패할 것이라는 쪽에 돈을 건 대부분의 사람들이 매튜슨을 지지했다. 그러자 벅이 실패하는 쪽에 건 돈이 2배에서 3배가 되었다.

벅이 성공하리라는 데 돈을 건 사람은 거의 없었다. 벅이 그 위업을 달성하리라고 믿는 사람은 아무도 없었던 것이다. 손턴 자신도 어쩌다 내기에 말려들었지만 내심으로는 의혹에 가득 차 있었다. 그는 눈앞의 실상을 바라보았다. 그의 눈앞에 썰매가 있었고 그 썰매 앞에 한 팀을 이루고 있는 열 마리의 개들이 앉아 있었다. 그러자 벅이 그 썰매를 끈다는 것은 더욱더 불가능한 일처럼 여겨졌다. 매튜슨은 점점 더 신이 났다.

"3대 1이야!" 그가 소리쳤다. "이봐, 손턴! 나는 1,000달러를 더 걸고 싶은데! 자네 생각은 어떤가?"

손턴의 얼굴에는 의혹의 기색이 역력했지만 그와 동시에 투지가 치솟았다. 승산과는 상관없는 투지였으며 불가능한 싸움이라는 생각은 아예 하지도 못한 채 전투를 외치는 소리 외에는 아무것도 귀에 들어오지 않는 그런 맹목적 투지였다.

그는 한스와 피트를 곁으로 오라고 불렀다. 그들의 홀쭉한 자루를 몽땅 그러모았지만 겨우 200달러밖에 안 되었다. 평소에 운이 별로 없었던 그들에게는 그것이 전 재산인 셈이었다. 하지만 그들은 그 전 재산을 모두 매튜슨의 600달러를 상대로 내기에 걸어버렸다.

열 마리의 개들이 썰매에서 풀려나고 이제 벅 홀로 가슴 줄을 찬 채 썰매 앞에 섰다. 사람들의 흥분이 벅에게도 전해져 있었고 벅은 주인 존 손턴을 위해 무슨 수를 쓰든 큰일을 해내야 한다고 느끼고 있었다. 벅의 멋진 모습에 여기저기서 감탄사가 터져 나왔다. 벅은 최상의 몸 상태였다. 군살이라고는 조금도 없었으며 70킬로그램의 몸에는 투지와 힘이 넘쳐흘렀다. 벅의 긴 털은 비단처럼 윤기가 흘렀다. 목 아래로부터 어깨에 이르는 갈기는 차분한 가운데도 반쯤 곤두서 있었고 매번 그가 몸을 움직일 때마다 꿈틀거리는 것이 마치 넘쳐흐르는 힘에 의해 털 하나하나가 살아서 움직이고 있는 것 같았다. 그의 넓은 가슴과 묵직한 앞다리는 몸 전체와 균형을 잘 맞추고 있었으며 털 아래 근육은 불끈 솟아 있었다. 그의 근육을 더듬어본 사람들은 마치 강철 같다고 말했고, 배당률은 3대 1에서 2대 1로 낮아졌다.

그때였다. 최근에 벼락부자가 된 사람 한 명이 더듬거리듯 말했다.

"저기, 이봐요! 저 개를 800달러에 팔아요. 내기와는 상관없어요. 지금 저 상태대로 800달러에 팔아요."

손턴이 고개를 저으며 벅의 옆으로 걸어갔다.

"개 옆으로 가면 안 돼!" 매튜슨이 항의했다. "저놈 혼자 알아서 하게 하라니까!"

군중들은 아무 말도 없었다. 도박꾼이 2대 1이라고 외치면서 벅이 성공하리라는 쪽에 돈을 걸라고 유도했지만 공허한 외침에 불과했다. 누구나 벅이 훌륭한 개라는 사실은 인정했다. 하지만 지갑을 열어 돈을 걸기에는 25킬로그램짜리 밀가루 20포대는 척 보기에도 너무 많은 양이었다.

손턴은 벅 옆에 무릎을 꿇었다. 그는 벅의 머리를 두 손으로 잡고 벅의 뺨에 자신의 뺨을 댔다. 하지만 여느 때처럼 장난스럽게 벅을 흔들거나 부드러운 욕설을 퍼붓지는 않았다. 그는 다만 벅의 귀에 대고 이렇게 속삭였다.

"벽, 날 사랑하는 만큼만……. 사랑하는 만큼만……."

벽은 자신의 열의를 겨우 억누르는 듯 낑낑대는 소리를 냈다.

군중들은 흥미롭게 그 광경을 바라보고 있었다. 사태는 점점 더 신비스러운 분위기를 띠고 있었다. 마치 일종의 주문을 거는 것과 같았다. 손턴이 일어나자 벽은 장갑을 낀 손턴의 손을 물더니 마지못해서인 듯 천천히 놓아주었다. 그것이 손턴의 말에 대한 벽의 응답이었다. 말로 응답한 것이 아니라 사랑으로 응답한 것이다. 손턴은 물러나 제자리로 왔다.

"자, 지금이다, 벽!" 그가 말했다.

벽은 썰매 줄을 팽팽하게 당겼다가 몇 센티 정도 다시 느슨하게 풀었다. 벽이 배운 방식이었다.

"오른쪽으로!" 팽팽한 긴장감이 넘치는 정적 가운데 손턴의 목소리가 날카롭게 울려 퍼졌다.

벽이 오른쪽으로 휙 방향을 틀더니 힘차게 뛰어가는 자세를 취하자 느슨하던 썰매 줄에 그의 몸무게가 전해지면서 팽팽해졌다. 짐이 흔들렸고 썰매 날 아래에서 얼음에 금이 가며 바삭하는 소리가 났다.

"왼쪽으로!" 손턴이 다시 명령했다.

벽은 이번에는 왼쪽으로 똑같은 동작을 했다. 금이 가는 소리가 쩍하고 갈라지는 소리로 바뀌더니 썰매가 약간 옆으로 돌면서 썰매 날이 뿌찌직 소리를 내며 몇 센티미터 옆으로 미끄러졌다. 썰매가 언 지면에서 떨어져 나온 것이다. 숨을 죽이고 그 광경을 바라보고 있던 사람들은 자신이 숨을 죽이고 있다는 사실조차 의식하지 못했다.

"자, 이제 가자!"

손턴의 명령이 마치 권총 신호처럼 울려 퍼졌다. 벅이 앞을 향해 자신의 몸을 던지자 썰매 줄이 떨리면서 팽팽해졌다. 그는 온몸의 힘을 한군데로 모아 엄청나게 집중했다. 벅의 고운 털 밑의 근육들이 마치 살아 있는 듯 꿈틀거렸다. 벅은 가슴이 거의 땅에 닿을 정도로 자세를 낮춘 채 머리를 깊이 숙이고 다리를 미친 듯 휘저었다. 발톱이 딱딱하게 굳은 눈을 할퀴어 두 줄기 홈이 생겨났다. 그러자 썰매가 흔들거리고 떨리더니 앞으로 나아갈 듯 조금씩 움직이기 시작했다. 벅의 한쪽 발이 미끄러지자 누군가 큰 신음소리를 냈다. 그때 썰매가 비틀거리며 앞으로 움직이기 시작했고 비록 삐걱거리고 덜컹거리는 힘든 움직임이었지만 다시 멈추는 일은 없었다. 그렇게 1센티……, 3센티……, 5센티……. 이윽고 덜컹거림이 줄어들고 썰매에 추진력이 생겼다. 벅은 그 추진력을 이용해서 썰매를 안정되게 끌 수 있었다.

자신이 숨을 멈추고 있는지도 몰랐던 사람들은 그제야 숨을 내쉬었다. 손턴은 벅을 뒤따라가며 짧은 말로 벅을 독려했다. 거리는 미리 측량을 해두었었다. 벅이 100미터 표시를 해놓은 장작더미에 가까이 다가가자 벅을 응원하는 목소리가 점점 커졌으며 벅이 장작더미를 지나 명령을 받고 멈추자 모든 사람들이 환호성을 내질렀다. 모든 사람들이, 심지어 매튜슨까지도 흥분의 도가니였다. 모자와 장갑이 하늘로 날았다. 사람들은 곁의 사람이 누구건 악수를 했으며 들뜬 마음을 좀처럼 가라앉히지 못했다.

남들이 모두 흥분해 있는 가운데 손턴은 벅 옆에 무릎을 꿇고 앉았다. 손턴은 벅과 머리를 맞댄 채 벅의 머리를 앞뒤로 흔들었다. 황급히 그곳을 떠나던 사람들은 손턴이 벅에게 욕설을 퍼붓는 소리를 들었다. 손턴은 오랫동안 격렬하게 욕을 퍼부었다. 그 욕설에는 부드러운 애정이 스며 있었다.

이번에는 또 다른 벼락부자가 손턴에게 말했다.

"이봐요! 1,000달러를 줄 테니 그 개를 내게 팔아요. 1,000달러란 말이요. 아니, 1,200달러 주겠소."

손턴이 일어났다. 그의 눈이 젖어 있었다. 눈물이 뺨을 타고 주르르 흘러내렸다. 손턴이 그 사내에게 말했다.

"못 팝니다. 절대로! 그러니 당장 꺼져요! 그 이상은 해줄 말이 없소!"

벅은 입으로 손턴의 손을 물었다. 손턴은 다시 벅을 앞뒤로 흔들었다. 사람들은 마치 일제히 공감한 것처럼 그들과 거리를 둔 채 그 모습을 바라보았다. 아무도 그들 사이에 끼어드는 무분별한 짓을 더 이상 저지르지 않았다.

제7장 야성이 부르는 소리

벅이 5분 만에 존 손턴에게 1,600달러를 벌어준 덕분에 손턴은 빚을 갚고 동료들과 함께 전설 속의 금광이 있다는 동쪽으로 떠날 수 있었다. 그 금광에 대한 이야기는 이 지방의 역사만큼 오래된 것이었다. 수많은 사람들이 그 금광을 찾아 나섰다. 하지만 찾아낸 사람은 없었고 수많은 사람들이 탐색에 나섰다가 돌아오지 못했다. 사라진 금광은 비극으로 물들었으며 전설 속에 묻혔다. 처음 그 금광을 발견한 사람이 누구인지 아는 사람도 없었다. 가장 오래된 전설도 바로 그 이야기 앞에서 그쳐 있었다. 전설은 그곳에 곧 무너질 것처럼 아주 낡은 오두막이 있었다는 것으로부터 시작하고 있었다. 죽어가는 사람들은 그 오두막이 분명히 존재하며 그 오두막에 가면 금광의 위치를 알 수 있다고 단언했다. 그리고 거기서 발견된 금은 북부 지방 그 어느 곳에서 발견된 것들과도 비교할 수 없을 정도로 훌륭하다고 증언했다.

하지만 살아 있는 자로서 그 보물 오두막집을 찾아낸 사람은 아무도 없었으며 죽은 자는 그냥 죽은 자일 뿐이었다. 존 손턴과 피트와 한스는 벅 외에 여섯 마리의 개를 데리고, 그들만큼 유능한 사람들과 훌륭한 개들이 실패한 일을 해내려고 동부로 향했다. 그들은 유콘강을 따라 썰매로 100킬로미터 정도 올라간 다음 왼쪽으로 방향을 틀어 스튜어트강 쪽으로 들어섰다. 이어서 그들은 마요와 맥퀘스천을 지나 스튜어트강이 실개천으로 줄어드는 곳까지 나아갔다. 대륙의 등줄기와 같은 높은 봉우리들이 실개천 양옆으로 줄지어 길게 늘어서 있었다.

존 손턴은 인간들이나 자연에게 별도로 요구하는 것이 거의 없었다. 그는 거친 자연을 두려워하지 않았다. 그는 한 줌의 소금과 총만 있으면 거친 자연 속으로 뛰어들어 마음에 드는 곳이면 그 어디든 마음 내키는 기간 동안 머물 수 있었다. 그는 마치 인디언들처럼 전혀 서두르지 않고 그날그날 먹을 것들을 사냥하면서 여행했다. 설사 사냥감을 만나지 못하더라도 역시 인디언들처럼 조만간 사냥감과 맞부딪치게 되리라는 믿음으로 느긋하게 여행을 계속했다. 따라서 동부로 향하는 이 대장정에서, 식사 메뉴라고는 생고기밖에 없었으며 탄약과 연장들이 썰매에 실린 짐의 전부였고 여행 일정표도 아무런 기약조차 없는 미래를 향해 펼쳐져 있었다.

벅은 이렇게 사냥을 하고 물고기를 잡으면서 낯선 곳을 끝없이 방랑하는 것이 한없이 즐거웠다. 그들은 한꺼번에 몇 주 동안 쉬지 않고 길을 가기도 했고 몇 주간 이곳저곳에서 야영을 하기도 했다. 야영을 하게 되면 개들은 빈둥거리며 돌아다녔고 사람들은 얼어붙은 흙과 자갈땅에 구멍을 뚫어 불을 피웠으며 불의 열기를 이용해 채취한 사금을 씻어내기도 했다. 사냥감이 많고 적음에 따라, 또한 사냥 운이 따르느냐 아니냐에 따라 때로는 배를 곯기도 했고 때로는 포식하기도 했다. 여름이 되면 짐을 꾸려 뗏목을 타고 푸른 산정 호수를 건너기도 했고 울창한 숲속의 나무를 잘라 날씬한 보트를 만들어 미지의 강을 오르내리기도 했다.

그렇게 몇 달 동안 그들은 미지의 광활한 지역, 비록 지금은 아무도 만날 수 없지만 만일 오두막 전설이 사실이라면 사람들이 이전에 분명 오갔을 그 지역을 이리저리 헤집고 다녔다. 여름 눈보라를 맞으며 언덕들을 넘기도 했고 수목 한계선과 만년

설 사이의 헐벗은 산 위에서 백야(白夜)의 태양 아래 추위에 떨기도 했으며 각다귀와 파리가 들끓는 여름 골짜기로 내려가서 그 어떤 남쪽 나라의 것도 부럽지 않은 잘 익은 딸기와 아름다운 꽃을 따기도 했다. 그리고 그해 가을, 그들은 아주 섬뜩한 호수 지대에 접어들기도 했다. 전에는 들새들이 있었는지 모르지만 지금은 살아 있는 것이라고는 아무것도 없는, 생명의 흔적조차 없는 슬프고 쓸쓸한 곳으로서 차가운 바람이 불어오는 가운데 이곳저곳 얼음이 남아 있었고 잔물결이 쓸쓸하게 호숫가를 적시고 있을 뿐이었다.

또다시 겨울을 맞이하자 그들은 앞서 그곳을 지나갔던 사람들의 지워진 흔적을 찾아 헤맸다. 한번인가 그들은 숲속을 통과해 나 있는 희미한 길 흔적을 발견했다. 아주 오래된 길이었기에 그들은 전설 속의 잃어버린 오두막이 가까이 왔다고 생각했다. 하지만 그 길은 어딘지 모를 곳에서 시작되어 어딘지 모를 곳에서 끝이 났다. 그 길을 만든 사람이 누구인지, 왜 그 길을 만들었는지 모든 것이 신비로만 남았을 뿐이었다.

또 한번은 세월의 때가 묻은, 다 쓰러져 가는 오두막을 한 채 우연히 발견하기도 했다. 존 손턴은 다 삭아서 찢어진 담요 밑에서 총열이 긴 소총 한 자루를 발견했다. 부싯돌로 점화해서 발사하는 총으로서 서북부 지역 개척 초기에 '허드슨 베이 컴퍼니'에서 판매하던 총이었다. 손턴은 그 총에 대해 잘 알고 있었다. 당시 그 총 한 자루 값은 그 긴 총 길이만큼 쌓아 올린 비버 가죽 뭉치와 맞먹을 정도였다. 하지만 알 수 있는 것은 그뿐, 이전에 누가 이 오두막을 지었는지, 누가 담요 사이에 소총을 두었는지는 전혀 알 길이 없었다.

다시 봄이 찾아왔다. 손턴 일행은 오랜 방황 끝에 전설의 오두막 대신 넓은 계곡에 펼쳐져 있는 얕은 사금 채취 장소를 발견했다. 금들이 마치 프라이팬 바닥에 눌어붙은 버터처럼 빛나고 있었다. 이제 더 이상 멀리 갈 것도 없었다. 매일 그들은 열심히 사금과 금괴를 씻어내어 수천 달러를 벌어들였다. 그들은 하루도 쉬지 않고 열심히 일했다. 그들은 채취한 금을 큰사슴 가죽 자루에 25킬로그램씩 넣어 가문비나무 가지로 만든 오두막 밖에 쌓아 두었다. 세 사람은 마치 거인들처럼 힘써 일했고 보물을 쌓아가는 동안 시간은 마치 꿈처럼 지나갔다.

개들은 손턴이 이따금 잡은 짐승을 물어오는 것 외에는 아무것도 할 일이 없었다. 따라서 벅도 대부분의 시간을 불가에 앉아 생각에 잠겨 보냈다. 그러자 털이 숭숭 난 짧은 다리의 사람의 환영이 점점 더 자주 그에게 나타났다. 그만큼 할 일이 없었기 때문이었다. 벅은 불가에 앉아 눈을 껌뻑이면서 그가 기억하는 또 다른 세상, 이곳과는 다른 세상을 그 사람과 함께 헤맸다.

그곳 다른 세상의 가장 두드러진 특징은 바로 공포였다. 벅은 꿈속에서 머리를 무릎 사이에 묻고 머리 위로 깍지를 낀 채 모닥불가에서 잠들어 있는 털북숭이 남자를 바라보았다. 그 남자는 편히 잠들어 있지 못했다. 남자는 여러 번 깜짝 놀란 듯 잠에서 깨어났으며 그때마다 어둠 속을 공포에 사로잡힌 눈으로 응시하고는 모닥불에 나무를 더 던져 넣곤 했다. 벅은 그 사내와 함께 바닷가를 거닐기도 했다. 그곳에서 털북숭이 사내는 조개를 주워 모아 먹었다. 하지만 그때도 그는 어딘가에 위험이 도사리고 있는 듯 두리번거리며 위험이 나타나기만 하면 즉시 도망갈 태세를 갖추고 있었다. 벅은 사내와 함께 숲속을 살금살금 걸어가기도 했다. 벅은 사내의 뒤를 따라 걸었다. 둘 다 귀를 쫑긋 세우고 콧구멍을 벌름거리며 정신 바짝 차리고 주변을 경계했다. 사내도 벅처럼 청각과 후각이 예민했던 것이다. 털북숭이 사내는 이따금 나무 위로 올라가 이 가지 저 가지를 옮겨 잡으며 공중에서 앞으로 나아가기도 했다. 땅에서 이동하는 것만큼 속도가 빨랐으며 때로는 3미터도 넘게 떨어진 가지를 훌쩍 뛰어 잡기도 했지만 결코 땅에 떨어지는 일도 없었고 가지를 잘못 잡는 적도 없었다. 실제로 나무를 타는 것이 땅에서 걷는 것만큼 편해 보였다. 벅은 털북숭이 사내가 나무를 꽉 잡은 채 위에서 잠들어 있을 때 그 나무 아래서 밤새 보초를 섰던 기억도 간직하고 있었다.

이 털북숭이 사내의 환영은 저 깊은 숲에서 실제로 들려오는 벅을 부르는 소리와 긴밀하게 연관이 있었다. 그 소리를 들으면 벅은 안절부절못하면서 이상한 욕망에 사로잡혔다. 그 소리를 들으면 그는 뭔가 모호하면서도 달콤한 기쁨을 맛보았으며 자신도 알지 못할 그 무언가를 향한 강렬한 그리움과 충동을 느꼈다. 이따금 벅은 그 '부름'을 따라 숲으로 들어가 마치 그 '부름'이 손으로 만질 수 있는 것인 양, 자신의 지금 기분이 시키는 대로 덤벼들 듯이 짖어대면서 두리번거리기도 했다. 그리고 코를 차가운 이끼나 긴 풀이 자라난 흙 속에 처박고 기름진 흙냄새를 맡으며 즐거워하기도 했다. 혹은 버섯이 돋아 있는 나무 등걸 뒤에 숨어 몇 시간씩 눈과 귀를 활짝 열어 놓은 채 주변의 모든 소리와 움직임에 주의를 기울이기도 했다. 아마도 그렇게 엎드린 채 자신이 이해할 수 없는 그 '부름'을 놀라게 해주고 싶었는지도 모른다. 하지만 그는 자신이 왜 그런 행동들을 하는지는 알 수 없었다. 그는 자신도 모르는 힘에 의해 이

끌려 그렇게 한 것이었으며 그 이유에 대해서는 조금도 생각해 보지 않았다.

벅은 저항하기 어려운 충동에 자주 사로잡혔다. 그는 따사로운 햇살의 열기를 받으며 캠프에 엎드려 졸다가 갑자기 고개를 쳐들고 귀를 쫑긋한 채 그 무언가에 열심히 귀를 기울이다가 벌떡 일어나 뛰쳐나가서는 숲속의 나무 사이와 덤불이 자라고 있는 공터를 가로지르며 몇 시간씩 달리기도 했다. 그는 말라 버린 물길을 따라 달리거나 엎드려 기어가며 숲속의 새들을 몰래 살펴보는 것을 좋아했다. 때로는 온종일 덤불 속에 엎드려 메추라기들이 날개를 파닥이는 모습을 구경하기도 했다. 하지만 벅이 무엇보다 좋아했던 일은 한여름 밤의 흐릿한 어둠 속에서 숲속을 달리며 그 숲속에서 들리는 차분하게 소곤거리는 소리에 귀를 기울이는 일, 마치 책을 읽듯이 그 신호와 소리를 읽는 일, 그가 잠들어 있건 깨어 있건 그에게 어서 오라고 부르고 또 부르는 신비스러운 그 무엇을 찾는 일이었다.

어느 날 밤이었다. 벅이 잠을 자다가 깜짝 놀란 듯 벌떡 일어났다. 눈이 빛나고 있었고 코는 벌렁거리며 냄새를 맡고 있었으며 갈기가 곤두서서 물결쳤다. 숲으로부터 자신을 부르는 소리가 그 어느 때보다 분명하게 들려왔다. 좀 더 정확히 말하자면 그를 부르는 소리는 여러 음성들로 이루어져 있었으니 그중 하나의 음성이 두드러지게 들려왔다고 말하는 것이 옳다. 길게 끄는 그 울부짖음은 에스키모개가 내는 소리와 비슷하면서도 달랐다. 벅은 그 소리를 알고 있었다. 그 소리는 아주 오랜 세월 동안 들어와서 친숙해진 소리였다. 그는 모두 잠들어 있는 캠프를 뛰쳐나와 숲속을 가로질러 달려갔다. 벅은 소리가 가까워짐에 따라 매 순간 경계를 하면서 점점 더 천천히 걸어갔다. 그러자 나무들 사이에 공터가 나타났고 허리가 길고 야윈 늑대 한 마리가 엉덩이를 깔고 앉아 하늘을 향해 코를 높이 쳐들고 있는 모습이 보였다.

벅은 소리를 내지 않았지만 늑대는 울부짖음을 멈추었다. 뭔가 이상한 낌새를 느낀 것 같았다. 벅은 몸을 반쯤 웅크린 채 공터를 향해 성큼성큼 걸어갔다. 온몸이 잔뜩 긴장해 있었고 꼬리는 빳빳하게 뻗어 있었으며 발걸음은 극도로 조심스러웠다. 그의 동작 하나하나에는 위협과 친근감의 표시가 뒤섞여 있었다. 포식자 야수들이 마주쳤을 때 보이는 태도 그대로였다. 그러나 늑대는 벅을 보자 달아났다. 벅은 늑대를 따라잡기 위해 맹렬한 기세로 달려갔다. 벅은 늑대를 막다른 길목에 몰아넣었다. 앞에 있는 샛강이 늑대의 퇴로를 차단한 것이었다. 그러자 늑대는 뒷발을 축으로 몸을 홱 돌리더니 궁지에 몰린 에스키모개들이 그러듯 털을 곤두세운 채 으르렁거리며 계속 이빨을 딱딱 부딪쳤다.

벅은 늑대를 공격하지 않고 그 주변을 맴돌며 조금씩 다가갔다. 우호적인 몸짓이었다. 늑대는 잔뜩 의혹에 사로잡힌 채 겁에 질려 있었다. 벅의 몸집이 늑대 몸집의 거의 세 배가량 되었고 늑대의 머리는 겨우 벅의 어깨높이에 이를 정도였다. 늑대는 기회를 엿보다가 도망가기 시작했고 다시 추격전이 시작되었다. 늑대가 다시 한번 궁지에 몰렸고 같은 일이 반복되었다. 늑대는 몸 상태가 좋지 않았다. 만일 그렇지 않았다면 벅은 결코 쉽게 그를 따라잡지 못했을 것이다. 결국 벅이 늑대와 나란히 달리게 되었다. 하지만 궁지에 몰린 늑대는 몸을 홱 돌리더니 기회를 잡아 다시 다른 방향으로 달아났다.

그런 일이 계속 반복되다가 마침내 벅의 끈기가 보상을 받았다. 벅에게 자신을 해치겠다는 의도가 전혀 없음을 알게 된 늑대가 결국 벅과 코를 맞대고 서로 냄새를 맡게 된 것이다. 둘은 친해져서 사나운 짐승들이 자신의 흉포함을 감출 때 흔히 그렇듯 약간 소심하고 수줍은 듯 장난질을 쳤다. 얼마 뒤 늑대가 어디론가 갈 곳이 있다는 듯 편한 걸음으로 달리기 시작했다. 벅에게 따라오라는 의사가 분명했고 둘은 어두운 여명 속을 달리기 시작했다. 그들은 개울 바닥을 거슬러 올라가 협곡으로 접어들었고 개울이 시작되는 분수령을 넘었다.

분수령을 넘으니 반대편에 드넓은 숲이 펼쳐져 있고 여러 개울들이 흐르고 있는 평지가 나타났다. 둘은 이 평지를 몇 시간 동안 달리고 또 달렸다. 해가 점점 더 높이 떠올랐고 날은 따뜻해졌다. 벅은 미칠 듯 기뻤다. 그는 숲의 형제와 함께 '부름'이 왔음이 분명한 곳을 향해 달려가면서 마침내 자신이 그 '부름'에 응했음을 알았다. 오래된 기억들이 그에게 빠르게 다가오면서 마치 이전에 그 기억들이 아련한 그림자가 되어 물러나고 곧바로 현실에 뒤섞였듯 이번에는 반대로 벅은 그 기억들에 녹아들어 뒤섞였다. 그는 전에도, 아련하게 기억나는 '저 다른 곳' 어디에선가 지금처럼 똑같이 달린 적이 있었다. 벅은 그때와 마찬가지로 지금도, 다져지지 않은 땅을 밟으며, 저 넓은 하늘을 향하여 고개를 들고 탁 트인 광야를 자유롭게 달리고 있었다.

그들은 달리기를 멈추고 냇가에서 물을 마셨다. 걸음을 멈추자 벅에게 존 손턴 생각이 났다. 그는 주저앉았다. 늑대는 '부름'이 오는 곳이 확실한 그곳을 향해 다시 출발했다가 벅에게 돌아왔다. 늑대는 마치 벅을 격려하는 듯 코를 킁킁거리며 함께 가자는 동작을 취했다. 하지만 벅은 돌아서더니 왔던 길을 다시 천천히 되돌아갔다. 늑대가 한 시간가량이나 벅과 나란히 걸으며 애처롭게 낑낑거렸다. 이윽고 늑대는 포기한 듯 주저앉 더니 코를 높이 쳐들고 울부짖었다. 구슬픈 울부짖음이었다. 그 구슬픈 울부짖음은 벅이 길을 감에 따라 점점 희미해지다가 이 윽고 들리지 않게 되었다.

벅이 캠프로 되돌아왔을 때 손턴은 저녁 식사 중이었다. 벅 은 손턴에게 달려들어 그를 넘어뜨리고 몸 위에 기어오르더니 그의 얼굴을 핥고 손을 물었다. 손턴이 '바보놀이'라고 부른 짓 을 한 것이었다. 손턴은 벅의 머리를 앞뒤로 흔들며 사랑스런 욕설을 해댐으로써 그 놀이에 동참했다.

이후 벅은 이틀 동안 캠프에 머물며 손턴의 곁을 한시도 떠 나지 않았다. 그가 일을 할 때면 따라갔으며 그가 식사를 할 때 도 곁에서 지켜보았고 밤에 담요 속으로 들어갔다가 아침에 다 시 담요로부터 나오는 모습을 시야에서 놓치지 않았다. 하지만 이틀이 지나자 숲에서 그를 부르는 소리가 그 어느 때보다도 더 절실하게 들려왔다. 벅은 다시 안절부절못하게 되었으며 그 야생의 형제에 대한 기억, 그 분수령 너머의 즐거운 곳, 그 광활 한 숲속을 그 형제와 나란히 달리던 기억에 사로잡혔다. 벅은 다시 한번 숲속을 헤맸지만 그 야생의 형제는 더 이상 나타나지 않았다. 그리고 밤을 새워 아무리 귀를 기울여도 그 구슬픈 울부짖음은 더 이상 들려오지 않았다.

벅은 며칠간 캠프에서 멀리 떨어진 곳에서 머물며 잠도 밖에서 잤다. 또 한번인가는 강이 시작되는 분수령을 넘어 숲과 개울의 땅으로 가보았다. 그는 그곳을 일주일 동안 헤매며 야생의 형제 냄새를 맡으려 했지만 허사였다. 그는 먹잇감을 사냥해 먹으며 결코 지치지 않을 느긋한 걸음걸이로 걸었다. 그는 바다로 흘러드는 넓은 시냇물에서 연어를 잡기도 했으며 그 시냇물을 따라가다가 만난 거대한 검은 곰을 죽이기도 했다. 벅처럼 연어를 잡고 있던 곰은 모기 떼의 공격을 받아 앞이 보이지 않는 채로 숲속에서 날뛰고 있었다. 그렇더라도 곰과의 싸움은 정말 치열했으며 그 싸움을 통해 벅의 내부에 잠재해 있던 야수성이 완전히 폭발했다. 이틀 후 곰을 죽인 곳으로 다시 돌아오니 열 마리 이상의 오소리들이 곰의 사체를 놓고 다투고 있었다. 벅은 놈들을 장난하듯 쫓아버렸다. 미처 도망가지 못한 두 마리의 오소리는 이제 더 이상 다툴 수 없는 신세가 되어버렸다.

벅에게 피를 보고 싶다는 욕망이 그 어느 때보다 강해졌다.

벽은 킬러였고 사냥꾼이었다. 아무런 도움 없이 오로지 홀로 자신의 힘과 용맹만을 무기로 다른 살아 있는 것들을 잡아먹으며 살아가는 존재, 강자만이 살아남을 수 있는 환경에서 당당하게 살아남는 그런 존재였다. 벅은 그 모든 것들로 인해 자신이 너무 자랑스러웠다. 그 자부심은 벅의 몸 구석구석으로 퍼져나갔으며 그의 동작 하나하나, 그의 근육 움직임 하나하나에 그 자부심이 뚜렷하게 드러났다. 그의 몸가짐은 마치 웅변이라도 하듯 그 자부심을 보여주고 있었으며 찬란하게 빛나는 그의 털들을 더욱 빛나게 만들었다. 그의 주둥이와 가슴에 난 갈색의 털만 없었다면 벅은 거대한 늑대 중에서 가장 거대한 늑대로 오인받을 수도 있었다. 그는 세인트버나드종인 아버지로부터 거대한 몸집을 물려받았다. 하지만 그의 몸매는 셰퍼드종인 어머니로부터 물려받은 것이었다. 그의 주둥이는 그 어떤 늑대의 주둥이보다 크다는 점만 빼고는 늑대의 주둥이 바로 그것이었다. 또한 그의 머리는 보통 늑대보다 넓기는 했지만 대체로 늑대의 머리와 모양이 같았다.

그의 교활함은 늑대의 교활함이었고 야성적 교활함이었으며 그의 지능은 셰퍼드의 지능이었고 세인트버나드의 지능이었다. 그 위에 더 이상 험난할 수 없는 고난을 겪으면서 그 경험이 교사 역할을 했다. 그 결과 벅은 야생에서 돌아다니는 그 어떤 동물보다 무서운 야수가 되었다. 게다가 생고기를 직접 먹는 육식 동물로 생활하다 보니 그의 존재 전체가 활짝 피어나 생애 최고의 절정기에 달해 있었고 힘과 활기가 넘쳤다. 손턴이 벅의 등을 어루만지면 그의 손길이 닿은 곳마다 바지직바지직 소리가 났다. 마치 벅의 몸 안의 에너지가 방사되듯 정전기가 일었던 것이다. 그의 두뇌와 몸, 신경 조직과 근육 섬유 조직이 최상의 상태에서 조율하고 있었으며 벅이라는 존재의 모든 부분들이 완벽한 조화와 균형을 이루고 있었다. 행동을 요구하는 상황을 맞이하게 되면 그는 번개처럼 즉시 반응했다. 그도 다른 에스키모개들처럼 공격을 받거나 공격을 해야 할 경우 순간적으로 펄쩍 뛰어오른 것은 마찬가지였지만 벅은 여느 에스키모개들보다 두 배 이상 동작이 빨랐다. 그는 움직임을 보거나 소리를 들으면 다른 개들이 그것들을 포착하고 반응하는 데 필요한 시간보다 훨씬 빠르게 반응했다. 거의 동시에 지각하고 결정하고 반응한다고 말할 수 있을 정도였다. 실제로 지각과 결정과 반응은 벅에게 순차적으로 진행되었다. 하지만 그것들 간의 간격이 너무 짧아서 거의 동시에 그 작용이 행해지는 것처럼 보였다. 그의 근육은 활력을 가득 품고 있다가 마치 스프링처럼 재빨리 반응했다. 생명이 그의 내부에서 마치 장엄한 물결처럼 도도히 흐르다가 순수하기 그지없는 환희에 사로잡히는 순간 그의 몸을 뚫고 나가 세상 밖으로 넘쳐흐르는 것 같았다.

"세상에 이런 개는 없었어." 어느 날 캠프 밖으로 당당하게 걸어가는 벅의 모습을 보고 손턴이 동료들에게 말했다.

"저놈을 만들 때 주조 틀이 부서졌을 거야." 피트의 응대였다.

"맞아! 나도 그렇게 생각해." 한스가 맞장구를 쳤다.

세 사람은 벅이 캠프 밖으로 당당히 걸어가는 모습을 보았지만 그가 비밀스런 숲에 도달하는 순간 무섭게 변하는 모습은 보지 못했다. 그는 더 이상 당당하게 걷지 않았다. 그는 단번에 야생의 존재가 되어 마치 고양이처럼 살금살금 걸었고 그림자처럼 나타났다가 그림자들 사이로 사라졌다. 그는 모든 은신처들을 이용할 줄 알았고 뱀처럼 길 줄도 알았으며 단숨에 뛰어올라 공격할 줄도 알았다. 그는 둥지에 앉아 있는 뇌조를 덮쳤고 잠들어 있는 토끼를 공격했으며 미처 나무 위로 올라가지 못한 다람쥐를 한순간에 공중에서 물어버렸다. 웅덩이 속의 물고기도 그에게는 별로 재빠르지 않았고 댐을 쌓고 있던 비버가 제아무리 경계를 열심히 해도 벅의 공격을 피할 수 없었다. 그는 재미 삼아서가 아니라 먹기 위해 동물을 죽였다. 그리고 그는 자신이 직접 죽인 먹이를 먹는 것이 더 좋았다. 하지만 그럴 경우가 아니라면 동물들을 향한 벅의 행동에는 장난기가 들어 있었다. 벅은 다람쥐에게 다가가 거의 다 잡게 된 순간 놓아주었고, 다람쥐가 공포에 사로잡힌 채 나무 꼭대기로 도망가는 모습을 재미있게 바라보곤 했다.

가을이 다가오자 날씨가 덜 혹독한 저지대에서 겨울을 맞으려고 천천히 이동 중인 사슴 무리들이 자주 나타났다. 벅은 이미 무리에서 따로 떨어진 어린 사슴을 쓰러뜨린 적이 있었다. 하지만 그는 그보다 더 크고 강력한 사냥감을 잡고 싶은 충동에 강하게 사로잡혀 있었다. 그리고 어느 날 강 상류 분수령에서 그런 상대를 만났다. 스무 마리 정도의 사슴 무리들이 개울과 나무의 땅으로부터 이쪽으로 넘어온 것이다. 그 무리의 우두머리는 거대한 수사슴이었다. 키가 180센티미터나 되는 데다 잔뜩 흥분해 있어서 벅이 바라마지 않던 최적의 적수였다. 수사슴은 열네 갈래로 갈라진 2미터 크기의 거대한 뿔을 흔들어대고 있었다. 수사슴은 벅의 모습을 보자 작은 눈에 분노와 광포함을 담은 채 울부짖었다.

수사슴 옆구리 앞쪽에는 화살 깃이 하나 튀어나와 있었다. 사슴이 흥분해 있던 것은 바로 그 때문이었다. 벅은 원시 세계에서 사냥하던 시절부터 전해 내려온 본능에 따라 그 수사슴을 무리로부터 떼어내려 했다. 하지만 결코 쉬운 일이 아니었다. 벅은 수사슴의 정면에서 컹컹 짖으면서 이리저리 춤추듯 뛰어다녔다. 하지만 그 거대한 뿔과 무시무시한 발굽이 닿지 않도록 거리를 유지해야 했다. 그 무서운 발굽에 한 번 채이면 즉사할 수도 있었다. 송곳니를 드러내고 덤벼드는 벅으로부터 등을 돌리고 제자리로 갈 수 없게 된 수사슴은 화가 폭발했다. 화가 난 수사슴이 벅을 향해 달려들자 벅은 재빨리 물러섰다. 하지만 사슴에게 잡힐 듯한 거리를 유지하며 계속 사슴을 유인했다. 그러나 수사슴이 무리로부터 어느 정도 떨어지게 되자 두세 마리의 젊은 수사슴들이 가까이 와서 벅을 공격한 후 그 멋진 수사슴이 다시 무리로 복귀할 수 있게 해주었다.

야생 동물들에게는 끈기가 있다. 그들은 지칠 줄 모르며 목숨 그 자체만큼 끈질기다. 바로 그 끈기로 거미는 거미줄 구석에서 꼼짝 않은 채 한없이 기다리는 것이고 뱀은 똬리를 틀고 있는 것이며 퓨마는 매복을 하는 것이다. 특히 먹이를 사냥할 때 이 끈기는 바로 목숨과 직결이 된다. 벅은 바로 그 끈기로 사슴 무리의 측면에 집요하게 달라붙었다. 그는 그들의 행진을 늦추었으며 젊은 수사슴들의 화를 돋우었고 새끼들을 거느린 암사슴들을 불안에 떨게 만들었으며 상처 입은 수사슴을 분노에 떨게 했다. 한나절 동안이나 그 같은 일이 계속되었다. 벅은 마치 분신술을 행하듯 사방에서 사슴들을 공격했다. 그는 무리들 전체를 위협하면서 자신이 노리는 먹이가 무리와 합류하자마자 떼어내려 애썼다. 그리하여 무리들의 인내심을 조금씩 고갈시켰다. 먹이를 사냥하는 자들보다는 먹이의 대상이 된 동물들의 인내력이 부족한 것이 상례였기에 가능한 일이었다.

날이 저물고 해가 북서쪽으로 질 때쯤 되자(가을철에는 밤의 길이가 여섯 시간쯤 된다) 괴롭힘을 당하고 있는 대장 사슴을 구하러 가는 젊은 사슴들의 발걸음이 차츰 무거워졌다. 그들은 겨울이 오기 전에 서둘러 저지대로 가야 했고 그들 뒤를 끈질기게 따라오는 이 지칠 줄 모르는 동물을 떨쳐내는 게 불가능해 보였다. 게다가 무리 전체의 생명이나 젊은 사슴들의 생명이 위협받고 있는 것도 아니었다. 대신 단 한 마리의 목숨만이 위협을 받고 있었으며 그 목숨은 자신들의 목숨만큼 중요하지 않았다. 결국 그들은 통행세를 지불하고야 말았다.

저녁이 되자 늙은 수사슴은 머리를 숙인 채 그 자리에 서서 그의 동료 무리들—그가 알고 있는 암사슴들, 자신의 자식들, 자신이 거느렸던 수사슴들—을 바라보았다. 그들은 저물어가는 햇빛 속에서 비틀거리며 빠른 걸음을 재촉하고 있었다. 그는 더 이상 그들을 따라갈 수 없었다. 바로 그의 코앞에서 무자비한 송곳니를 드러낸 무시무시한 놈이 그의 발길을 가로막고 있기 때문이었다. 사슴의 몸무게는 600킬로그램 이상이나 되었다. 그는 긴 세월 동안 싸움과 투쟁으로 점철된 강인한 삶을 살아왔다. 그런데 결국 머리가 자신의 무릎까지도 오지 않는 짐승의 이빨에 의해 죽음을 맞이하게 된 것이다.

그 순간부터 밤이고 낮이고 벅은 결코 자신의 먹이를 놓아주지 않았고 한시도 쉬지 못하게 했으며 나뭇잎이나 어린 자작나무와 버드나무 싹을 뜯어먹지 못하게 방해했다. 또한 그 부상당한 수사슴이 시냇물을 건너면서 타는 듯한 갈증을 달랠 기회도 주지 않았다. 간혹 수사슴은 자포자기 상태에서 멀리 뛰어 달아나기도 했다. 그럴 때면 벅은 굳이 앞에서 수사슴을 저지하려 하지 않고 그저 천천히 그 뒤를 따라가면서 일이 자기 뜻대로 되어간다고 생각했다. 벅은 수사슴이 멈춰서면 자신도 엎드렸으며 수사슴이 무엇을 먹거나 마시려 하면 맹렬하게 달려들었다.

나뭇가지 같은 거대한 뿔이 차츰차츰 아래로 처졌고 수사슴의 걸음에는 점점 힘이 빠졌다. 수사슴이 코를 땅에 처박고 귀를 늘어뜨린 채 힘없이 서 있는 시간이 점점 더 길어졌으며 그에 따라 벅이 물을 마시며 쉴 수 있는 시간은 더 늘어났다. 벅이 붉은 혀를 늘어뜨린 채 거대한 수사슴을 바라보고 있는 바로 그 순간 무언가 변화가 찾아오고 있다는 느낌이 갑자기 그에게 들었다. 그는 땅이 새롭게 움직이고 있는 것을 느낄 수 있었다. 큰사슴 무리들이 이 땅으로 왔듯이 뭔가 다른 종류의 생명들이 이 땅으로 오고 있었다. 그들의 출현에 숲과 시냇물과 공기가 헐떡거리는 것 같았다. 벅은 그 사실을 시각, 청각, 후각을 통해 알게 된 것이 아니라 그런 것들과는 다른 미묘한 감각으로 알았다. 아무 소리도 들리지 않았고 아무것도 보이지 않았지만 이 땅에 무슨 일인가 일어나고 있음을 그는 알 수 있었다. 그 무엇인가 낯선 것들이 왔다 갔다 하고 있었다. 그는 목전의 과업을 완수한 다음에 살펴보리라고 결심했다.

마침내 나흘째 되는 날 저녁 벅은 거대한 사슴을 쓰러뜨렸다. 이후 하루 밤낮을 그는 먹고 자면서 그 사냥감 옆에 머물렀다. 벅은 그곳에서 푹 쉬면서 원기를 회복한 다음에 발길을 존 손턴이 있는 캠프로 향했다. 그는 그 기나긴 낯선 지역의 길, 꼬불꼬불 엉켜 있는 길에서도 단 한 번도 헤매지 않고 마치 나침반을 들고 있는 인간을 비웃듯 정확하게 방향을 잡아 캠프 쪽으로 달려갔다.

캠프를 향하여 가까이 가면 갈수록 그는 점점 더 이 땅에서 그 무언가가 새롭게 움직이고 있다는 사실을 분명히 확인할 수 있게 되었다. 여름 내내 이곳에 존재했던 생명체와는 다른 그 무엇인가가 이곳으로 들어와서 활동하고 있었다. 이제 그 사실은 오감과는 다른 미묘하고 신비스러운 감각으로 느끼는 대상이 아니었다. 새들이 그 이야기를 하고 있었고 다람쥐들이 그에 대해 수다를 떨고 있었으며 불어오는 바람까지도 그에 대해 속삭였다. 벅은 몇 번씩이나 걸음을 멈추고 코를 쿵쿵대며 신선한 아침 공기를 깊이 들이마시면서 그 무언가를 읽어내고는 더 빠르게 캠프를 향하여 달려갔다. 뭔가 심상치 않은 참화가 이미 벌어졌거나 벌어지고 있다는 생각에 마음이 무거웠다. 이윽고 그가 마지막 분수령을 넘어 계곡 쪽으로 내려가 캠프로 향하게 되었을 때 그는 극도로 조심하며 발걸음을 옮겼다.

캠프를 5킬로미터 정도 앞둔 곳에서 벅은 새로운 길이 나 있는 것을 발견하고 목덜미의 털을 곤두세웠다. 그 길은 곧바로 존 손턴이 있는 캠프로 이어지고 있었다. 벅은 급히 서두르는 가운데도 은밀하게 움직여야 한다고 느꼈다. 그는 온 신경의 날을 팽팽하게 세운 가운데 그가 보고 느끼는 것들이 전해주는 사실들을 하나도 놓치지 않았다. 그것들은 결말만 알 수 없을 뿐 하나의 이야기를 전해주고 있었다. 그의 코는 그가 지금 뒤쫓아 가고 있는 생명체들이 지나는 길에 무슨 짓을 했는지 감지해냈다. 그는 숲에 정적이 감돌고 있음을 알아냈다. 새들은 날아가버렸다. 다람쥐들은 숨어버렸다. 윤기가 흐르는 잿빛 다람쥐 한 마리만이 눈에 띄었는데, 녀석은 잿빛 나뭇가지에 붙어 있어 나무 일부나 나무에 붙은 혹처럼 보였다.

벅이 마치 그림자처럼 미끄러지듯 캠프를 향하여 다가가고 있을 때 뭔가 강력한 힘이 잡아당기기라도 한 듯 그의 코가 옆으로 홱 돌아갔다. 그는 냄새를 좇아 수풀 속으로 들어갔다. 그곳에 니그가 있었다. 니그는 옆으로 누운 채 죽어 있었다. 화살 맞은 몸을 질질 끌고 그곳까지 온 것이었다. 화살이 옆구리를 관통해 양 옆구리로 화살촉과 깃이 튀어나와 있었다.

그곳으로부터 100미터 정도 더 나아가자 손턴이 도슨에서 데려온 썰매 개 한 마리가 보였다. 그 개는 길 위에서 필사적으로 죽음의 몸부림을 치고 있었다. 벅은 멈추지 않고 그 개를 피해 계속 갔다. 캠프로부터 많은 목소리들이 흐릿하게 들려왔다. 높낮이만 있는 단조로운 노랫소리였다. 벅은 공터 가장자리에서 마치 고슴도치처럼 온몸에 화살을 맞고 땅에 얼굴을 처박은 채 죽어 있는 한스를 발견했다. 동시에 벅은 전나무 가지로 지은 오두막이 있는 쪽으로 고개를 돌렸다. 그리고 그곳을 보는 순간 목으로부터 어깨까지의 갈기가 곤두섰다. 벅에게 걷잡을 수 없는 분노가 치솟았다. 그는 자신이 으르렁거리고 있다는 사실도 느끼지 못했지만 실제로는 무시무시하기 이를 데 없이 으르렁거리고 있었다. 그는 생전 처음이자 마지막으로 자신의 감정에 모든 것을 내맡긴 채 교활함이나 분별력을 잃어버렸다. 존 손턴을 향한 사랑이 그만큼 큰 때문이었다.

오두막 잔해 주변에서 이하트족 인디언들이 춤을 추고 있었다. 순간 그들에게 무시무시한 포효와 함께 지금까지 단 한 번도 본 적이 없는 동물 한 마리가 그들을 향해 달려오는 모습이 보였다. 벅이었다. 벅은 살아 있는 분노의 화신이었으며 그들을 끝장내 버리겠다는 기세로 달려들었다. 그는 맨 앞에 서 있던 사나이에게 달려들어 그의 목을 단번에 찢어 놓았다. 커다랗게 벌어진 틈 사이로 피가 분수처럼 솟구쳤다. 그 사나이는 바로 이하트족의 추장이었다. 그는 희생자의 목을 물고 흔들어 완전히 찢어 놓더니 다시 솟구쳐 올라 다른 사내의 목을 찢어 놓았다. 도무지 저항할 방법이 없었다. 그는 사람들의 한복판에 뛰어들어 무시무시한 몸놀림으로 닥치는 대로 물어뜯고 찢고 죽여버렸다. 사람들이 그에게 화살을 날렸지만 아무 소용이 없었다. 벅의 행동이 믿기 어려울 만큼 빠른 데다 인디언들이 함께 엉켜 있었기에 활을 쏘아보았자 동료만 맞힐 뿐이었다. 어느 젊은 사냥꾼이 허공에 날아오른 벅을 향해 창을 던졌다. 하지만 무서운 기세로 날아간 창은 또 다른 사냥꾼의 가슴을 맞추었을 뿐이었다. 창끝이 그 사나이의 등가죽을 뚫고 반대편으로 튀어 나왔다. 완전히 공포에 사로잡힌 인디언들은 악마가 나타났다고 소리치며 숲 쪽으로 달아났다.

실제로 벅은 악마의 화신이었다. 벅은 숲으로 달아나는 인디언들을 뒤쫓아 마치 숲속을 달리는 사슴을 덮치듯 그들을 덮쳐서 쓰러뜨렸다. 그날이 이하트족에게는 대재앙의 날이었다. 그들은 벅을 피해 그 지역 사방으로 흩어졌다. 나중에 일주일이 지나서야 생존자들이 골짜기로 모여들어 사상자를 헤아려볼 수 있었다.

추적에 지친 벅은 황폐해진 오두막으로 돌아왔다. 벅은 담요를 두르고 있는 피트의 시신을 발견했다. 습격을 당하자마자 이불에서 채 나오지도 못한 채 살해된 것이었다. 땅에는 손턴이 필사적으로 죽음과 싸운 흔적이 그대로 남아 있었다. 벽이 그 흔적이 남긴 냄새를 따라가 보니 깊은 웅덩이가 나왔다. 그 웅덩이가에 머리와 앞발이 물에 잠긴 채, 마지막까지 충성을 지킨 스키트가 쓰러져 있었다. 웅덩이 물은 사금 채취 통들 때문에 온통 흐려져 있어 그 안에 무엇이 있는지 보이지 않았다. 손턴은 그 물속에 잠겨 있는 것이 분명했다. 벽이 냄새로 좇아온 그의 흔적이 웅덩이에서 그쳐 있었던 것이다.

벽은 온종일 웅덩이 옆에 앉아 있거나 캠프 주변을 서성였다. 벽은 죽음이란 더 이상 움직이지 않는 것을 의미한다는 사실, 살아 있는 삶으로부터 떠나버리는 것을 의미한다는 사실을 알고 있었다. 벽은 존 손턴이 죽었다는 사실을 알고 있었다. 벽은 커다란 공허감을 맛보았다. 배고픔과 비슷한 공허감이었지만 너무나 고통스러운 공허감이었고 음식으로는 도저히 채울 수 없는 공허감이었다. 벽은 이따금 걸음을 멈추고 이하트 족들의 시체를 살펴보았다. 그러자 그 공허감이 가져온 고통을 잊을 수 있었다. 그리고 자신이 엄청난 자부심을 느끼고 있음을 발견했다. 그가 이제껏 경험했던 그 어떤 자부심보다도 큰 자부심이었다. 그는 인간을 죽인 것이다. 그 무엇보다 훌륭한 사냥에 성공한 것이며 몽둥이와 송곳니의 법칙 앞에서 인간을 죽이는 데 성공한 것이다. 그는 호기심에 젖어 시체들의 냄새를 맡아보았다. 그들은 너무나 쉽게 죽었다. 그들을 여럿 죽이는 것보다 에스키모개 한 마리를 죽이는 것이 더 힘들었다. 그들은 활이나 창이나 몽둥이가 없다면 결코 상대가 될 수 없었다. 앞으로 벅은 손에 활이나 창이나 몽둥이를 들고 있지 않은 인간은 결코 두려워하지 않을 것이다.

밤이 되었다. 보름달이 나무 위 하늘로 떠올라 대지를 유령처럼 환한 빛으로 비추었다. 밤이 되자 웅덩이 옆에서 슬픔에 잠겨 있던 벅은 숲에서 이하트족들이 내는 것과는 다른 부스럭거리는 소리가 나는 것을 알아채고는 정신이 번쩍 들었다. 벌떡 일어난 벅은 귀를 기울이고 냄새를 맡았다. 멀리서 아주 희미하게 날카로운 울부짖음 소리가 들렸고 뒤이어 여럿이 일제히 비슷하게 울부짖는 소리가 들렸다. 시간이 지남에 따라 울음소리는 점점 더 가까워졌다. 벅은 그 소리가 그의 기억 속에 남아 있던 또 다른 세상의 소리임을 알았다. 그는 공터 한복판으로 가서 우뚝 선 채 그 소리에 귀를 기울였다. 그것은 그를 부르는 소리였다. 여럿이 내는 그를 부르는 소리였으며 그 어느 때보다 강하게 그를 유혹하고 강요하고 있었다. 그리고 전과 달리 벅은 그 부름에 따를 준비가 되어 있었다. 존 손턴은 죽었다. 그를 묶어두고 있던 마지막 끈이 끊어진 것이다. 이제 그를 붙잡아 둘 인간, 혹은 그렇게 할 수 있는 인간의 권리는 그 어디에도 없었다.

늑대 무리들은 이하트족과 마찬가지로 이동하는 사슴 무리의 측면을 공격하며 먹이를 구하다가 결국 개울과 숲의 땅으로부터 언덕을 넘어 이곳 벅이 있는 골짜기까지 오게 된 것이었다. 늑대들은 달빛이 흐르고 있는 숲속 공터로 은빛 물결을 이루며 쏟아져 들어왔다. 벅은 마치 조상(彫像)처럼 꼼짝 않고 그들이 오기를 기다렸다. 늑대들은 벅이 그 큰 몸집으로 얌전히 서 있는 모습을 보고 위압감을 느꼈다. 잠시 정적이 흘렀다. 하지만 무리 중 가장 대담한 녀석이 벅을 향해 달려들었다. 벅은 번개 같은 일격으로 놈의 목을 부러뜨렸다. 그런 후 벅은 다시 전처럼 꼼짝 않고 서 있었다. 벅 뒤쪽에서는 그의 공격에 쓰러진 늑대가 고통으로 신음하며 뒹굴고 있었다. 이어서 세 마리의 늑대가 잇따라 공격해 왔다. 하지만 놈들은 곧바로 목이나 어깨가 찢어져 피를 줄줄 흘리며 뒤로 물러설 수밖에 없었다.

그러자 이번에는 무리 전체가 눈앞의 먹이를 쓰러뜨리겠다는 일념으로 일제히 달려들었다. 마구 뒤섞인 채 혼란스러운 모습이었다. 그런 상황에서 벽의 경이로운 민첩성이 그 위력을 발휘했다. 벽은 뒷다리를 축으로 몸을 빙글빙글 돌리면서 닥치는 대로 물어뜯고 찢었다. 앞쪽에 군건한 방어선을 쳐 놓은 채 어찌나 재빠르게 양옆을 방어하는지 마치 벽이 동시에 여러 곳에 출몰하는 것 같았다. 하지만 놈들이 뒤에서 공격하는 것을 막기 위해 벽은 뒷걸음질을 칠 수밖에 없었다. 그는 웅덩이를 지나 개울 바닥으로 내려가서 높은 자갈 더미를 등지고 섰다. 벽은 인간들이 금을 캐며 쌓아놓은 그 자갈 더미에서 양옆이 막혀 있는 구석으로 들어갔다. 그러자 양옆이나 뒤는 신경 쓸 필요 없이 정면만 방어하면 되었다.

벽은 훌륭하게 늑대들의 공격을 막아내었고 결국 30분 정도 지나자 늑대들은 패배를 인정하고 물러났다. 모든 늑대들이 혀를 늘어뜨리고 있었으며 하얀 송곳니들이 달빛을 받아 반짝이고 있었다. 바닥에 엎드린 채 머리를 들고 귀를 앞으로 내민 놈들도 있었으며 선 채로 벽을 바라보는 놈, 웅덩이의 물을 혀로 할짝거리는 놈들도 있었다.

바로 그때였다. 몸이 길고 야윈 잿빛 늑대 한 마리가 친근한 태도로 조심스럽게 벽에게 다가왔다. 벽은 자신과 하루 밤낮을 함께 달린 야생의 형제라는 것을 금세 알아보았다. 그가 부드럽게 낑낑거리자 벅도 응대했고 둘은 서로의 코를 맞대었다.

이어서 수척한 몸매에 역전의 용사처럼 온몸에 상처투성이인 늙은 늑대 한 마리가 앞으로 나왔다. 벅은 으르렁거리려는 듯 입술을 일그러뜨렸다. 하지만 곧바로 서로 코를 맞대고 냄새를 맡았다. 늙은 늑대는 바닥에 앉더니 달을 향해 코를 쳐든 채 길게 울부짖었다. 다른 늑대들도 모두 그 자리에 앉아 함께 울부짖었다. 분명히 벅이 전에 들었던 그 울부짖음이었으며 그 울부짖음이 바로 눈앞에서 들려오고 있는 것이었다. 벅도 그 자리에 주저앉아 길게 울부짖었다.

이어서 벅이 구석에서 나오자 늑대 무리들이 벅 주변으로 몰려들었다. 무리들은 반은 친근하게, 반은 사납게 코를 쿵쿵거리고 있었다. 먼저 우두머리 늑대들이 컹컹 짖으며 숲속으로 달려갔고 늑대 무리들이 일제히 함께 컹컹 짖으며 그 뒤를 따랐다. 벅도 야생의 친구와 나란히 그들과 함께 달리며 그들처럼 컹컹 짖었다.

이쯤에서 벅에 관한 이야기는 끝을 맺는 것이 좋을 것 같다. 몇 해 지나지 않아 이하트족은 늑대 무리들에 변화가 온 것을 알아차릴 수 있었다. 늑대들 중에 머리와 주둥이에 갈색 반점이 있고 가슴 한복판을 따라 역시 갈색 털이 나 있는 녀석들이 눈에 띈 것이다. 하지만 그보다 더 특기할 것은 이하트족들이 무리의 선두에 서서 달리는 '유령 개'에 대한 이야기를 하게 되었다는 사실이다. 이하트족은 그 '유령 개'를 두려워했다. 그 개가 자신들보다 더 교활했기 때문이었다. 그 개는 혹독한 겨울에는 그들의 캠프에서 먹을 것을 교묘하게 도둑질했으며 덫에 걸린 짐승을 훔치고 개를 죽였으며 가장 용감한 사냥꾼들과도 맞섰다.

그뿐만이 아니었다. 캠프로 다시 돌아오지 못하는 사냥꾼들도 있었으며 목이 끔찍하게 찢긴 시신이 발견되기도 했다. 시신이 누워 있는 눈밭에는 그 어떤 늑대의 발자국보다 큰 발자국이 찍혀 있었다. 가을이 되면 이하트족은 큰사슴 무리의 움직임을 따라갔지만 그들이 전혀 발걸음은 내딛지 않는 골짜기가 한 곳 있었다. 또한 모닥불가에서 그 '악령'이 왜 그 골짜기를 택하게 되었는지 이야기를 나누면서 슬픔에 잠기는 여인들도 있었다.

하지만 가을뿐 아니라 여름에도 그 골짜기를 찾아오는 방문객이 있다는 사실까지는 이하트족들도 모르고 있었다. 그 방문

객은 찬연한 털로 뒤덮인 거대한 늑대였다. 그는 다른 늑대와 비슷하면서도 달랐다. 그는 밝고 유쾌한 나무 지대를 홀로 지나 나무들 사이에 있는 공터로 내려왔다. 그곳에서는 썩은 큰 사슴 가죽 자루로부터 노란 금속 줄기가 흘러나와 땅속으로 스며들었다. 그 금속 줄기를 긴 풀과 검은 흙이 뒤덮고 있어 그 노란 빛은 태양에 드러나지 않고 감춰져 있었다. 그 늑대는 이곳에 앉아 잠시 생각에 잠겨 있다가 길고 슬프게 한 번 울부짖고는 그곳을 떠났다.

하지만 그가 항상 혼자인 것은 아니었다. 긴 겨울밤이 찾아오고 늑대들이 먹이를 좇아 아래쪽 골짜기로 내려올 때가 되면 그가 창백한 달빛이나 희미한 오로라 빛 속을 무리들 선두에 서서 달리는 모습을 볼 수 있었다. 그는 그의 동료들보다 훨씬 높이 뛰어오르며 우렁찬 목청으로 노래를 불렀다. 젊은 원시 세계의 노래였으며 늑대들의 노래였다.

『야성의 부름』을 찾아서

　잭 런던(Jack London, 1876~1916)의 『야성의 부름(*The Call of the Wild*)』은 동물, 더 정확히 말한다면 개가 주인공인 특이한 소설이다. 동물들이 주인공인 대표적인 작품으로는 『시턴 동물기』로 우리에게 알려진 어니스트 톰슨 시턴(Ernest Thompson Seton, 1860~1946)의 『내가 아는 야생 동물(*Wild Animals I Have Known*)』이 유명하다. 내가 초등학교 시절부터 무척이나 좋아했던 작품으로서 이리 왕 로보, 회색 곰 워브 등의 이름은 지금도 머릿속에 남아 있다. 『시턴 동물기』를 읽으면서 나는 야생의 동물들과 적어도 마음으로는 무척 가까워졌다. 어린 시절 그 책을 읽으면서 나는 그 동물들과 친구가 되었다. 어른이 된 지금 식으로 표현하면 로보도 워브도 겉모습만 이리이고 곰일 뿐 나와 똑같이 느끼고 생각하고 행동하는 존재였다. 그들은 말 그대로 동물적 야성과 본능만 지닌 존재, 오로지 생존 본능에 의해서만 행동하는 존재가 아니라 우리처럼 울고 웃고 느끼고 판단하는 동물, 우리와 똑같이 남들과 어울리면서 즐거워하고 노여워하고 슬퍼하고 대화와 사랑을 나누는 동물이었다. 『시턴 동물기』는 그렇게 우리들을 동물들과 가까워지게 만들고 동물들을 인간과 가까운 존재로 만들어준다.

그런데 우리가 지금 읽고 있는 『야성의 부름』은 주인공이 동물이라는 것만 같을 뿐 그 방향은 『시턴 동물기』와 정반대이다. 『야성의 부름』은 야성적인 동물들을 우리 곁으로 가깝게 해주는 소설이 아니라 반대로 인간사회 안에서 인간과 함께 지내던 벅이라는 개가 인간의 숨결, 문명과 결별하고 야성으로 돌아가는 이야기이다. 그런데 이 소설이, 초판 1만 부가 하루 만에 매진되는 공전의 히트를 쳤고 문학사에서도 여전히 사람들에게 사랑을 받고 감동을 주는 명작으로 꼽히고 있다. 1900년도 초반에 하루 만에 1만 부가 팔렸다니 엄청난 사건이다. 도대체 '야성'이 무엇이기에, 그 '야성의 부름'에 사람들이 이끌린 것일까?

다시 묻자. 야성이란 무엇인가? 이 소설에서의 원 단어는 'wild'이다. 우리는 가끔 "그 친구, 참 와일드 해"라는 표현을 하곤 한다. 세련되지 못한 거친 행동을 하는 사람을 두고 하는 말이다. 세련되지 못하다는 것은 좀 더 넓게 보자면 배운 것 없이 자기 하고 싶은 대로 한다는 뜻이기도 하다. 그런 의미에서 야성은 예절이나 형식보다는 자기 마음이 원하는 바에 따른다는 뜻이기도 하다. 달리 말하면 마음이 시키는 대로 자연스럽게 행동하는 것이 와일드한 행동이기도 하다.

그렇다면 '야성의 부름'은 '자연의 부름'과 같은 뜻이다. '야성이란 무엇인가?'라는 질문은 '자연이란 무엇인가?'라는 질문으로 바꿀 수도 있다. 여기서 떠오르는 인물이 한 명 있다. 18세기 프랑스의 작가이자 철학자인 장 자크 루소(Jean Jacques Rousseau)이다. 그는 인간에게 "자연으로 돌아가라"라고 외친 것으로 유명하다. 인간은 본래 '선한 의지'를 지니고 태어난 동물인데 인간사회가 그 선한 의지에 의해 이끌려오지 않았기에 온갖 사회악과 사회 불평등이 있게 되었다는 것이 그의 주장이다. 맹자의 성선설과 비슷하다. 루소의 그런 주장에 대해 동시대 계몽철학자인 볼테르(Voltaire)가 "나는 불행히도 수십 년 전에 네 발로 걷는 습관을 잃어버렸기에 다시 그 시절로 돌아가는 것이 불가능하다오"라고 익살스럽게 답한 것은 유명한 일화이다.

『야성의 부름』은 마치 볼테르의 세계 속에서 살던 벽이 루소의 외침에 화답해서 다시 자연으로 돌아가는 모습을 보여주는 소설처럼 읽힌다. 물론 작품의 주인공 벽은 개다. 그러나 그는 문명적인 삶으로부터 자연적인 야성의 삶으로 돌아간 인간의 모습을 상징하고 있다. 자연적인 야성의 삶으로 돌아간다는 것은 본능에 충실한 삶, 본능이 이끄는 삶을 산다는 것과 같은 뜻이다. 하긴 자연이라는 뜻의 영어 nature에는 본성, 본능이라는 뜻도 들어 있다. 야성의 부름에 응한다는 것은 본성, 본능에 응한다는 뜻도 되고 자연으로 돌아간다는 것은 본성, 본능이 이끄는 대로 산다는 뜻도 된다.

　하지만 엄밀히 말해 인간이 루소의 말대로 자연으로 돌아가는 것은 불가능하다. 이미 이룩한 문화와 문명을 되돌릴 수 없다는 뜻에서만이 아니다. 인간은 절대로 본성이나 본능이 이끄는 대로 살 수 없다는 뜻에서이다. 자연계에 존재하는 다른 동물들, 특히 하등 동물일수록 타고난 본성에 충실한 삶을 산다. 본성에 충실하기만 해도 하나의 종으로서 생존하기에 충분한 능력을 타고 났기 때문이다. 그러나 인간은 그렇지 못하다. 인간도 다른 동물과 마찬가지로 먹어야 생존이 가능하다. 당연히 인간에게도 식욕이 있다. 하지만 하등 동물일수록 생존을 위한 그 기본적 욕구를 스스로 해결할 수 있는 데 반해 인간은 절대로 그 식욕을 스스로 충족시키지 못한다. 누군가가 옆에서 먹여주지 않으면 인간은 생존이 불가능하다. 그렇기에 인간은 모두 식욕이라는 동일한 본능적 욕구를 타고났지만, 그 욕구는 그가 어떤 환경에서 자라느냐에 따라 표현이 달라진다. 간단히 말해 음식을 대하는 태도, 좋아하는 음식들이 달라진다는 말이다. 긴 이야기는 안 하겠지만 바로 그 때문에 인간의 문화가 생기고 문화의 차이가 생긴다. 인간의 문명도 바로 그런 인간의 선천적 무능력, 결핍의 결과물이다. 말하자면 인간은 문명과 자연, 문화와 본성의 구분이 불가능한 존재이다. 인간 자체가 문화화된 동물이고 인간의 모든 표현 자체가 이미 문화이다.

이야기가 좀 어렵게 흘러갔다. 논문을 쓰는 자리는 아니니 조금 더 쉬운 예를 들어보자.

좀 과격한 표현인지 모르지만 인간에게는 모두 도둑 근성이 있다. 누구나 남의 물건을 탐내는 본성이 있다는 뜻이다. 어렵게 생각할 것 없다. 아이들은 모두 남이 가진 것을 탐하지 않는가? 남의 떡이 커 보인다는 속담은 그래서 생겼다. 그건 나쁜 본성이니 없애야 한다고 말하는 사람은 도덕군자일지는 몰라도 실현 불가능한 것을 꿈꾸는 사람이다. 제아무리 인간이 만든 제도가 훌륭하거나 교육을 잘 시키더라도 인간의 본성을 없애는 일은 불가능하다. 또한 인간의 본원적 욕망을 완벽하게 충족시키는 일도 불가능하다. 결론이 좀 충격적인지 몰라도 선물을 주고받는 관행—혹은 제도?—은 그래서 생겼다. 선물 관행은 바로 그 도둑 충동을 훨씬 부드럽게 문화화한 것이다. 물론 반박이 있을 수 있다. 선물에는 주고받는 사람의 마음이 들어 있고 무엇보다 중요한 것은 그 마음이라는 반박이다. 그 반박은 물론 옳다. 하지만 선물에 마음을 담는 것은 그 관행을 실천하면서 나중에 덧붙여진 미덕이다. 그 미덕은 물론 소중하지만 선물은 마음을 전하는 여러 방법 중의 하나이지 오로지 마음을 전하겠다는 목적으로 선물 관행이 생겨난 것은 아니다.

하지만 그것만으로 모든 것이 해결된 것이 아니다. 비록 그 관행, 제도, 더 나아가 인간의 문화와 문명이 인간의 기본적 욕망을 담고 있는 것들이긴 해도 그것들은 언제나 뭔가 미진하고 불충분하다. 한 번 더 과격한 비유를 들자면 선물을 받았을 때보다 길에서 물건을 주웠을 때의 기쁨이 더 크다. 인간의 문명이 발전할수록, 문화가 세련되면 세련될수록 인간이 편해지는 것은 사실이지만 왠지 자신의 깊은 욕망이 충족되는 기쁨은 줄어드는 것 같다. 분명히 세련된 문명사회에서 살고 있는 것 같은데 왠지 따분하고 왠지 점점 더 억압이 심해지는 것 같고, 왠지 자신이 왜소해지는 것 같고, 왠지 자신이 거짓 삶을 살고 있는 것 같고, 왠지 진정한 삶은 다른 곳에 존재하는 것 같고…….

『야성의 부름』이 공전의 히트작이 되었고, 여전히 수많은 사람들의 사랑을 받는 것은 바로 그런 아쉬움에 간접적인 충족감을 주기 때문이다. 『야성의 부름』이라는 소설의 부름을 받은 사람들, 소설의 주인공 벅의 부름에 응한 사람들은 저 태곳적 원시의 삶의 부름을 받은 사람들이 아니다. 그들은 지금도 자기 속에서 여전히 꿈틀거리고 있는 영웅적인 욕망, 모든 사람들 위에 우뚝 서서 그 모두를 지배하고 싶은 욕망, 하지만 한 번도 실현해보지 못했고 앞으로도 실현할 수 없을 것 같은 그 비릿한 욕망의 부름을 받은 것이다. 그 꿈은 초인을 향한 꿈이기에 현실적으로는 실현 불가능하다. 그러나 바로 그 실현 불가능성 때문에 그 꿈은 거의 모든 인간들 내부에서 더욱 강하게 본능적으로 꿈틀거리고 있다. 어떤가? 벅이 창백한 달빛 아래, 늑대 무리의 선두에 서서 달리는 모습을, 늑대처럼 원시의 노래를 울부짖는 모습을 상상해보지 않겠는가? 온몸에 전율을 느끼면서 머리로부터 어깨까지의 갈기가 돋은 자신의 모습을 상상해보지 않겠는가? 그리고 벅처럼 저 달을 향해 코를 쳐들고 한번 울부짖어 보지 않겠는가?

1903년에 발표한 『야성의 부름』으로 명성과 부를 쌓은 잭 런던이지만 1908년에 발표한 『강철 군화(Iron Heel)』 역시 그를 유명하게 만든 대표작이다. 정치적으로 사회주의자였던 그는 미국을 자본가의 착취와 억압 아래 고통받고 있는 사회로 보았다. 그는 사회주의 혁명을 통해 건강한 '사회주의 공화국'을 건설해야 한다는 신념으로 『강철 군화』를 썼다.

『강철 군화』는 일종의 가상적인 예언 소설이다. 그는 이 소설에 현실감을 부여하기 위해 그 소설의 내용이 서기 2600년에 발표되었다는 형식을 취한다. 형식은 그렇지만 작품의 내용은 지구상에 유토피아가 도래하는 과정을 담고 있는 것이 아니라 1912년부터 1932년까지 세계 전역에서 벌어지게 될 투쟁·봉기와 좌절 과정을 그 내용으로 담고 있다. 그렇기에 그 소설은 일종의 디스토피아 소설이다. 디스토피아 소설의 대표격으로 우리가 알고 있는 조지 오웰의 『1984』가 『강철 군화』의 영향을 크게 받았다는 사실은 널리 인정받고 있는 사실이다. 1980년대 우리 사회에서 『강철 군화』는 운동권의 일종의 교과서 역할을 했다는 사실 역시 참고로 덧붙인다.

잭 런던은 1876년 1월 12일 샌프란시스코에서 출생했다. 본명은 존 그리피스 채니(John Griffith Chaney)였지만 의붓아버지인 존 런던의 성을 따른 것이다. 경제적 사정으로 중학교를 중퇴한 그는 통조림 공장 직원, 신문 배달원, 어업 감시원 등의 허드렛일들을 하면서 소년 시절을 보내고 잠시 소년원 신세를 지기도 했다. 1895년 20세 가까운 나이에 오클랜드 고등학교에 입학한 그는 이듬해 곧바로 캘리포니아 대학에 입학하여 스펜서, 다윈, 니체 등의 책을 읽으며 교양과 사상을 습득하고 그에 심취했다.

1897년 클론다이크 지방에서 금광이 발견되었다는 소식이 전해지자 수많은 사람들이 노다지를 꿈꾸며 금광을 찾아 떠났고 잭 런던도 그중 한 명이었다. 1897년 7월 12일 잭 런던은 21살의 나이로 그의 매형 셰퍼드와 함께 클론다이크로 떠났다. 그러나 그는 아무런 소득도 없이 괴혈병을 얻어 돌아온다. 하지만 그때의 경험은 그의 창작의 밑거름이 되었다. 또한 그 기간 동안 만난 사람들을 통해 노동이라는 올가미에서 벗어나는 유일한 방법은 자신의 두뇌를 파는 것이라고 생각하고 작가가 되기로 결심했다. 그에게 글쓰기란 궁핍에서 벗어나 부를 획득하는 수단이었다. 그는 오클랜드를 떠나 캘리포니아로 돌아온 뒤 우편국에서 일하며 잡지에 단편들을 기고했다.

그는 그가 원하던 대로 1900년에 『늑대의 아들』등의 작품을 발표해서 2,500달러(지금으로 환산하면 약 8만 달러 정도)를 벌어들인다. 작가로서 이름이 알려지기 시작한 것이다. 그리고 1903년에 『야성의 부름』을 발표해서 초판 1만 부가 하루 만에 매진되는 공전의 히트를 기록했다. 이후 그는 『바다늑대』, 『흰 송곳니』등을 비롯해 많은 단편집과 자전적 소설들을 발표하고 평론가로도 활동하면서 작가로서의 입지를 굳혔다. 그렇게 명예와 부를 누리던 잭 런던은 1916년 11월 22일 40세의 나이로 생을 마감했다. 잭 런던은 본래 건강한 몸으로 태어났지만 클론다이크에 다녀오면서 걸린 괴혈병을 비롯해 여러 가지 질병을 앓고 있었다. 그가 사망하던 해 그는 심한 이질을 앓았으며 알코올 중독 증세를 보였고 요독증도 앓고 있었으며 심한 고통을 이기기 위해 모르핀을 복용하곤 했다. 그의 사후, 그가 모르핀을 과다 주사해서 자살했다는 설도 제기되었지만 요독증으로 인해 사망했다는 것이 정설로 되어 있다.

다시 말하지만 잭 런던의 『야성의 부름』은 출판 당시부터 선풍적인 인기를 모았다. "당대 그 누구도 이 작품보다 나은 작품을 쓰지는 못할 것이다"라고 평한 평론가도 있었으며 「뉴욕타

임스」를 비롯해 많은 전국적 신문 잡지에 이 작품에 대한 호평이 잇따랐다. 이 작품 하나만으로도 잭 런던은 미국 문학사에서 거장의 반열에 오를 수 있었다. 『야성의 부름』은 초판의 매진에서 그친 것이 아니라 지금까지도 미국 문학사에서 가장 널리 읽히고 알려진 소설이며 학교 교재로 채택되어 읽히고 있다.

한편 『야성의 부름』은 수차례 영화화되어 사람들의 사랑을 받았으며 주인공 존 손턴 역은 당대 최고의 스타가 맡았다. 1935년에는 클라크 게이블 주연의 영화가 제작되었고 1972년에는 찰턴 헤스턴이 주인공 역을 맡은 영화가 핀란드에서 제작되었다. 이 작품은 그 외에 수많은 텔레비전 드라마와 애니메이션으로 각색되었으며 가장 최근인 2020년 2월에는 크리스 샌더스가 감독을 맡고, 해리슨 포드가 주연을 맡은 『야성의 부름』이 제작 상영되었다.

끝으로 한 가지만 덧붙인다. 잭 런던은 1904년 러일 전쟁이 발발하자 종군 기자로 조선에 온 적이 있다. 그는 인천에 상륙해서 압록강으로 행군하는 일본군을 종군 취재했다. 그는 그 과정에서 만난 조선 사람, 조선의 풍경, 인상기를 기록해서 『조선 사람 엿보기 – 1904년 러일전쟁 종군기』라는 책으로 발간했다.

물론 조선이 망해가던 시절의 인상을 기록한 것이니 내용이 호의적일 리 없다. 그는 서울-의주 간 도로에 대해 '비가 조금만 와도 진흙으로 가득 찬 강으로 변한다'라고 썼으며 '양반들은 모두가 도둑이다. 백성은 그들이 자기 것을 으레 빼앗아가는 것으로 알고 있었다. 백성은 지배 계급이 도둑놈이라는 사실 외에는 아는 바가 없다'(잭 런던, 『조선사람 엿보기 - 1904년 러일전쟁 종군기』, 한울, 1995, 37~38쪽, 131쪽)라고 썼다. 아픈 지적이지만 사실이다.

야성의 부름

생각하는 힘: 진형준 교수의 세계문학컬렉션 79

펴낸날	초판 1쇄 2022년 8월 30일

지은이	잭 런던
옮긴이	진형준
펴낸이	심만수
펴낸곳	(주)살림출판사
출판등록	1989년 11월 1일 제9-210호

주소	경기도 파주시 광인사길 30
전화	031-955-1350 팩스 031-624-1356
홈페이지	http://www.sallimbooks.com
이메일	book@sallimbooks.com

ISBN	978-89-522-4687-5 04800
	978-89-522-3984-6 04800 (세트)

※ 값은 뒤표지에 있습니다.
※ 잘못 만들어진 책은 구입하신 서점에서 바꾸어 드립니다.